JN006253

「エルディスティアさん、
僕、ここを出ていくよ」
リオ・ニーベルク
エルデスティアに育てられた少年。
十二歳を間近に、
リオは胸に秘めた決意を口にする。
エルディスティア
リオを育てている女性。その正体はこの島を作り出した女神。

「お怪我はありませんか?」

心配そうにリオを見る黒髪の少女は、
ハッとして駆け寄った。

「血っ! 血が出てますよ!

大丈夫ですか? 痛くないですか?」

ミレイ・ドラグナ
『幼竜姫』とも呼ばれる天才。卓越した剣技と多彩な魔法を操る。

「うん、そうだ。放ってはおけない。
だから私自身が、彼を直接監視しなければ！
待っていてくれリオ君、すぐに行くからね！」

エルディアス・ロード
女神にもらった絶対死なない究極スキルで七つのダンジョンを攻略する
澄守彩
SAI SUMIMORI
夕子
YUKO

CONTENTS

第一章　女神と少年

とある女神が暇つぶしに創ったとされる冒険島――エルディアス。

広大なる地下迷宮、雲までそびえる無限塔、魔樹が蠢(うごめ)く密林に、草木も生えぬ熱砂の地。

この島には不思議なダンジョンがひしめき、それぞれに貴重なお宝が眠っている。しかも宝は誰かが得ても、女神の気まぐれでいつしか補充されていた。

世界中から冒険者たちが集まり、何百年もの歴史の中で、多くの人がその島に深く根を下ろした。そうしてひとつの社会を形成していく。

彼らの目的はお宝だけではない。

冒険島エルディアスに七つある、大きなダンジョンの完全制覇だ。

それを果たした者に与えられる報酬は、こう伝えられている。


たったひとつ、女神がどんな願いも叶(かな)えてくれる、と。


ある者は巨万の富を。ある者は永遠の命を。

不可能はないとされる女神の権能を信じ、数多(あまた)の冒険者が危険なダンジョンに飛びこんでいった

――。

◆

リオ・ニーベルクは、冒険島エルディアスで生まれた。

黒髪と黒い瞳が美しく、やや表情に乏しいながらも心根の強い男の子だ。

母と妹の三人で、人里を避けるように小高い丘のてっぺんにある白い小さな一軒家で暮らしていた。


――その日、母が死んだ。


月も星も隠れた夜。

冷たい雪が頰については消えていく。

びゅうっと冷たい風を正面に受け、五歳の幼いリオは目を細めながらも鋭い視線を〝彼女〟に突き刺していた。

「君もなかなか無茶をやる。向こう見ずなところは母親そっくりだね」

美しい女性だった。

金色の髪はさらさらで、白い肌も赤い瞳も吸いこまれるようだ。この寒さの中、袖のない白い薄手のワンピースを着ている。

なによりこの女性は、この世のものとは思えない輝きに満ちあふれていた。

対するリオは全身ボロボロで、体中がひどく痛んだ。それでも毛布でぐるぐる巻きにした三歳の妹を片腕に抱え、膝立ちして空いた手にナイフを握って突きつける。

「なかなかアグレッシブな子どもだね。まあ警戒するのもわかるよ。状況が状況だからね。私は君の敵ではないよ。君の母親、リーヴァ・ニーベルクとの約束を果たすため、君を迎えにきたのさ」

母の名に緊張がわずかに緩む。

足音もなく彼女が近づくと、なぜだか春の陽射しに包まれているような暖かさを覚えた。

「しかしどこから話したものかな。リーヴァが七つのダンジョンを攻略し、私に会いにきたのは知っているかい？」

リオはふるふると首を横に振る。

「後にも先にも、この冒険島エルディアスを完全制覇したのは君の母親ただ一人だ。そして私に会ったとき、彼女はこう言った」

――この子がヤバくなったら助けてやってくれ。

「自身の下腹を指差してね。まったく呆れたものだよ。子を腹に抱えながら最難関のダンジョンを踏破したのだからね」

だいたいさ、と女性は肩を竦める。

「彼女はとある戦いで解けない呪いをかけられていた。今日まで生きていたのは驚きだけど、ふっう、そっちの解除を願わないかな？　お腹の子の安全も考えればね。ま、君を魔法で護りきる自信はあったんだろうさ。あの体で二人目まで作ってしまったしね」

それはともかく、と女性は続ける。

「だいたい、『ヤバくなったら』ってどういう状況なのさ？　助けるって具体的には？　曖昧にもほどがある。例えば今のように――」

視線がリオの背後に移る。そこにはリオたちが住んでいた白い家があり、

「くそが！　あのガキ、どこ行きやがった⁉」

怒声とともに、厳つい男が玄関から出てきた。その後ろからさらに一人も顔を出す。片手で押さえた顔からは、血が滴り落ちている。

彼らはついさっき、リオたちの家に押し入ってきた。

どうやら略奪目的のゴロツキらしい。

妹を守るため奮戦したものの、大人二人を相手にリオはさんざん痛めつけられた。

それでも家の酒を漁って酔っ払っていた彼らの隙をつき、一人の顔をナイフで切りつけ、気を失っていた妹を抱えて家を飛び出したのだ。

ともかく逃げなければ。

リオは妹をぎゅっと抱きしめ、立ち上がろうとした。けれど痛みと疲労、さらには寒さで凍えて思うように動けない。

「安心したまえ。彼らは私を認識できない。見えてはいるが意識はできないのさ。私と話している君たちに対しても同様だ」

事実、男二人はこちらへ目をやったものの、すぐさま別方向へ顔を向けた。きょろきょろしながら小屋の裏手に回っていく。

「……じゃあ、あいつらをやっつけて」

こちらを意識できないなら一方的に攻撃できるのでは？　幼いリオは考えた。

「君、やけに好戦的だね。残念ながら私は何もしないよ。そこまでの干渉は私自身が課したこの島のルールに抵触するからね。もっとも、『私は』しないというだけの話だけど」

妙な言い方にリオは混乱する。

「うん、リーヴァが張った不可侵の結界は実に見事なものだった。呪いに蝕まれてなおあれだけのものが構築できるとはね。けれど彼女が死んだら消え失せる。長らく閉ざされていた場所がいきなりフリースポットになれば、人にせよ何にせよ、寄ってくるものさ」

ほらね、と女性が笑みを向けた先を見てリオは慄く。

「ひっ⁉」

『グルルルゥ……』

大きな魔物が、じっとこちらを見つめていた。

白地に黒縞(くろしま)の大虎だ。頭には長く鋭い一本の角。上あごから大きな牙も二本伸びていて、大きさはリオたちの家ほどもある。

白い大虎は女性に、そしてリオへと視線を移す。明らかにこちらが見えていた。

しかし襲ってくる気配はなく、ぎろりと別の獲物へ目を向けた。

「おいやべえぞ！」

「逃げろ！」

男たちは一目散に逃げ出すも、大虎は巨軀(きょく)に似合わぬ軽やかな走りであっと言う間に追いつくや、角で、牙で、爪で、体当たりで、声を上げる間も与えず殺しつくした。

「まったく、この頃は質の悪いのが増えてしまったな。ここらはレベル60以上推奨地帯だというのに、お気軽にあの程度の者たちがやってくる」

ともあれ邪魔者はいなくなった、と女性はリオに手を差し伸べた。

「さあ、私と一緒に行こうじゃないか。なに不自由なく暮らせる、楽園へ君を案内しよう」

「ぼくたちを、たすけてくれるの？」

女性は美貌(びぼう)をわずかに曇らせる。

「いいや、君だけだ。可哀(かわい)そうだけど君の妹は置いていく」

「どうして⁉」

「さっき説明しただろう？　リーヴァの願いは『君』がヤバくなったら助けろというものだ。その女の子は対象に入っていない」

「そんな……」

リオはがりっと奥歯を噛みしめると、痛みを押しやり、あらん限りの力で立ち上がった。

「もしかして、ふもとに降りようとしているのかな？」

答えず、リオは足を引きずって歩く。

リーヴァは自分に何かあったときのため、リオに指示していた。

魔物除けのマントを被ってふもとの町へ降り、そこで彼女が懇意にしている者に保護を求めるように、と。以降は冒険者ギルドを頼れば、幼い兄妹が成人するまで面倒を見てくれるよう手配もしていた。

ゴロツキが襲ってきさえしなければ、今ごろは町にたどり着いていたかもしれない。

「無理だよ。君は傷だらけで体力も残っていない。魔物除けのマントもそれでは用をなさないし、この寒さの中、幼い君がその子を抱えてでは途中で力尽きるのは明白だ」

力尽きるから、なんだと言うのか？

妹は母の死と男たちの襲撃が重なったショックで気を失っているが、三歳でも自身の脚でふもとまで降りられる場所まで運べば、そこで自分の役目は終わる。

「ものすごい執念を感じるけど、たぶん君が考えているのは子どもの浅知恵だ。うまくいくはずがない」

「うるさいな！　たすける気がないなら、だまっててよ！」

「……私だって、助けられるのなら助けたいさ。けれど資格のない者の願いは叶えてやれない。私は、そういう存在だから……」

悔しそうに吐き出す女の人に、リオは申し訳ない気持ちになる。

一方で『助けたい』との言葉に、希望を見出した。

リオは妹をそっと地面に置く。手にしたナイフを掲げ――。


「ぼくのかわりに、ミレイをたすけてあげてよ」


思いきり振り下ろし――がしっ！

「何を考えているのさ君はぁ！」

鈍色の切っ先が、リオの喉元の直前で止まった。女性が彼の腕にしがみついたからだ。

「君が死んだからって、代わりに妹を助ける義理は私にはない。せめて私の返事を待ってから行動に移したまえよ！」

「ダメって言うに、きまってる」

「そうだけど！　ああ、もう！　思わず手が出てしまったけど、今のだって重大なルール違反なんだぞ。なんだって願いを叶える最初の仕事でこうなっちゃうかなあ？　わかった。わかりました。

君の覚悟は理解した。私も腹を括ろうじゃないか」

　女性はリオからナイフをふんだくる。

「今回は特別に、対価をもって君の願いを聞き入れよう。ただし君の命では重すぎる。仮にその子をここに置き去りにしたとしても、生きてふもとの町までたどり着く可能性はゼロではないのだからね」

「ぼくは、なにをあげればいいの？」

「君の持ち物で彼女の安全に見合うものなんてないさ。だから君が真に苦痛に思う枷を、嵌めさせてもらう」

　女性はナイフを放り投げる。

「その子から『君の存在を消す』。今後何があろうと、君は自ら『兄だ』と名乗ることは許されないし、知られないよう努力する義務を与える。約束を破れば天罰が下ると心得なさい」

「わかった」

「あっさり⁉　えっ、いいの？　もうその子とは兄妹としては暮らせないんだよ？　実は苦痛でもなんでもなかったり？」

「すごくつらいけど、ミレイがたすかるなら、それでいい」

　今にも泣きそうな顔で必死に耐えている様からは、悲痛なほどの覚悟が読み取れる。

「はあ……まったく、とんだ五歳児がいたものだよ。言っておくけど、君を保護するのは期間限定だ。私はいつまでも子守りをするつもりはない。働けるくらいの年齢になったら出ていってもらうからね」

「わかった」

「本当にわかっているのかねえ。『追い出さないでー』って泣いて懇願しても知らないよ？」

リオは不思議な女性に不思議な光を浴びせられてケガが完治し、連れられて行った。

妹のミレイは彼女がとある老夫婦に預けたのだが、リオは知らない。

ミレイと別れ、とぼとぼと女性の後ろを歩くリオに、

「ああ、そうそう。私が何者か言っていなかったね。本来なら攻略者でもない君にこの名を伝えるのはマズいのだけど、状況的にギリギリセーフだから伝えておこう」

女性は振り向いて、ふふんと得意げな笑みを浮かべて言った。


――私はこの島の創造主、女神エルディスティアだ。


「って、あれ？　あんまり驚いてないね」

それはそうだ。

「話してたら、そうじゃないかって」

「な、なかなか聡い子だね……」

女神はこめかみをぴくぴくさせた――。

◆

不思議な扉をくぐると、そこは春の世界だった。

野花が咲き乱れ、柔らかな風が頬を撫でる。

小高い丘の上に、見知った白い小屋があった。

母と妹、リオの三人で暮らしていたあの家だ。

「どうだい？　中はちょっと変えているけど、外から見たらほとんど同じだろう？」

得意げに大きな胸を張る女神だったが、ぼんやり眺めるリオの様子にハッとした。

（私はバカか？　思い出の詰まった家とそっくりだと、母の死や別れた妹の辛い記憶を想起させてしまうじゃないか）

引きつった笑みをリオの前に出した。

「そうだ！　もっと大きな豪邸にしよう。うん、そうしよう！」

「？　ぼくはあの家がいいな」

「えっ、でも……母親や妹のことを思い出してしまわないかい？」

居心地悪そうにする女神に、リオはきょとんと返す。

「うん、たのしかったことをいつでも思い出せるから、あの家がいい」

「そ、そうかい？　なら、いいか……。よし、それじゃあまずは――」

女神はくんくんとリオの頭を嗅いで言う。

「お風呂でさっぱりしようか」


部屋の間取りはほぼ同じ。しかしお風呂はずいぶんと広かった。

エルディスティアはぱぱっとリオの服を脱がせる。

しかしリオは風呂場には入らず、裸のまま困ったように女神を見上げた。

「どうしたんだい？　早く入っておいでよ」

「ぼく、ひとりでお風呂に入ったことない」

言われてみれば、ゴロツキ相手にナイフを手に大立ち回りをしたとはいえリオは五歳児。お風呂には親と一緒に入る年齢だ。一人で入らさせて溺れてしまったら大変だ。

「し、仕方がないな。じゃあ、一緒に入る？」

ぱっとリオの表情が明るくなる。

（そうだよ、相手はまだ五歳の子どもじゃないか。何を恥ずかしがることがある？）

エルディスティアは自分の服をぱっと消し、豊満な肢体をさらけ出した。

「な、なにかな？　胸を凝視しているようだけど……」

「お母さんよりおっきい」

無垢（むく）なる瞳に言葉以上の意図は映っていない。

（でもなんか急に恥ずかしくなってきた！）

考えてみれば、他者に裸体を晒（さら）すのは初めてだ。

しかし今さら一人で入らせるわけにもいかず、耳まで真っ赤にしてリオの手を引いた。

リオの背後から、わっしゃわっしゃと黒髪を泡立てる。

(やっぱり子どもだなあ)

小さな背中に『男』なんて微塵も感じられない。

「こんなに小さいのに、よくも連中と戦おうなんて思ったね。無謀だよ」

「だって、くやしかったから」

「酩酊状態とはいえ、彼らはレベル20を超えていたんだぞ？　ステータス値は君の何倍も上だ。よく殺されなかったものだよ」

「すてーたす？」

「ん？　君、母親から教えられていなかったのかい？」

ざぱあっとお湯で髪をすすぎ、リオを連れて湯船に浸かる。背後から抱きしめるような格好で、彼の眼前にステータスウィンドウを表示した。

＝＝＝＝＝＝＝＝＝＝＝＝＝＝＝

【レベル：１】
ＨＰ　：３０／　３０
ＭＰ　：１０／　１０

ＳＴＲ：１６／１４１
ＶＩＴ：２９／１５７
ＩＮＴ：１１／１０４
ＭＡＧ：　９／６５
ＡＧＩ：２３／１２６
ＤＥＸ：１４／１０３
＝＝＝＝＝＝＝＝＝＝＝＝＝

「これが君のステータスだ。この島の中では、誰もがみな自身の能力を数値化して確認できるのさ」

冒険島エルディアスにのみ存在する概念。女神が生み出したこのステータス・システムに、人々は支配されていた。島内に入った瞬間、このシステムが適用される。

「下の数値はそのレベルでのＭＡＸ値で、これはレベルが上がらなければ変わらない」

ＨＰとＭＰはレベル以外にも、それぞれ現状の体力（ＶＩＴ）、魔力（ＭＡＧ）の値に左右される。

そして上の数値は現在のステータス値を表す。

「今の君自身の力だね。レベルが上がってもすぐには上昇せず、体を鍛えたり勉強したりすれば少しずつ上がっていくのさ」

たとえば筋肉トレーニングをすれば筋力（ＳＴＲ）は上がっていく。

「でもぐうたらした生活をしていたら、これも下がっていくからね」

病気や疲労で一時的に低下することもある。

「つよくなるには『いつもきたえてろ』って、お母さんが言ってた」

「その通りなんだけど、彼女の鍛え方は異常だからねえ。知らないほうがいい」

ふうんと返し、自身のステータス画面をじっと見る。

「これはなに？」

ステータス値に続く文字をリオは指差す。

＝＝＝＝＝＝＝＝＝＝＝＝
【スキル】
英雄（Ｕｎｉｑｕｅ）
＝＝＝＝＝＝＝＝＝＝＝＝

「スキルは君が持つ『特技』といったところかな。スキルには三種類あって……まあ細かい話は今度でいいか。君はまだひとつしか持ってないからね」

エルディスティアは唯一のスキルを指でなぞる。

「これは固有スキルといって、君が生まれながらに持つスキルだ。固有スキルは誰しもが持っていて、しかしひとつしか持ちえない。変更も創造主（わたし）以外には不可能だ。ま、クリア報酬でしか私は変えないけどね」

「いちおう説明はあるんだけど読むのは難しいかな？　【英雄】はわりと〝当たり〟だよ。というか最高位の部類だ。他者を魅了し、みなを導く……うーん、ふわっとした説明しかできないんだけど、みんなに好かれるリーダーになれるって感じかな」

「よくわからない」

「だよねー。ま、職業によらず上に立つことが約束されたスキルだから、損はしないだろうよ」

「ぼく、ぼうけんしゃになりたい」

「ふぅん。男の子だねえ。応援はしないけど、がんばってね」

それは応援じゃないのだろうか？　リオは訝(いぶか)った。

お風呂から上がると新しい服が畳まれていた。

着替えてダイニングへ行くと、テーブルには豪華な料理が並んでいる。

「ほかにだれかいるの？」

「誰もいないよ。そして私は女神だ。これくらい朝飯前だよ。今は夕食だけどさ」

リオは席につき、目の前にででんと置いてある大きなステーキにナイフを入れた。ほとんど抵抗なくすっと切れて、口に入れたらとろけて消える。

「おいしい！　すごくやわらかい」

「ふふ、そうだろうとも。攻略者の願いを叶える以上、私も妥協はしない。君がここにいる間は最高の贅沢(ぜいたく)を約束しよう」

「じゃあ、お母さんが作ったのとおなじシチューがたべたい」

「いや、だからそんな庶民的なものじゃなくて最高の贅沢を、だね……。まあ、君がいいならそれでいいか。明日の夕食はそれにしよう」

「ありがとう、エルディスティアさん」

屈託のない笑みに、女神はホッとすると同時に妙な居心地の悪さを感じた。

（うん、わかってはいるんだ。これは……私の我がままだと）

冒険島の攻略者リーヴァ・ニーベルクの願いは『リオがヤバくなったら助けてやる』こと。

窮地は救った。

幼いリオが一人で生きていけるまで、その成長を約束するのは願いの範疇（はんちゅう）だろう。

（でも、それを私が直接やる必要は、ないんだ）

リオの妹ミレイのように、信頼できる誰かに託す選択もあった。

しかし彼女はリオを引き取り、育てることを選んだのだ。

ずっと、一人だった。

全能たる神の権能を使って冒険島を創り、ヒトの営みをただ眺めていた。

それでいい、と——他の神々から疎まれ、追放された自分はそれしかできないのだと諦めていた。けれど——。

『なんだよアンタ、神様のくせにやたらヒト臭いな。いや、たんにヒトが好きなのか』

初めて接した神以外の誰かは、呪いに侵されてなお笑っていた。

彼女と話すのは楽しかった。

神をも畏れぬ言動が心地よかった。

そんな彼女の子どもならば、一緒にいてきっと楽しいと思ったのだ。

神には神のルールがある。自らが課したものも含めて多種多様。ひとたび犯せば神の権能をひとつ失うほど厳しいものだ。

特別な理由なく下界の者たちと触れ合うのは禁忌に触れた。

だが、攻略者の願いを叶えるという大義名分があれば――。

（それを自覚している時点で、禁忌に触れているのだけどね）

リオをこの場に連れて来たとき、大切な何か――自身の権能のひとつが消失したと感じた。

今後数年、神たる彼女にとっては瞬（まばた）きのごとき短い時間であろうとも、リオとの暮らしは真綿で首を絞めるように、じわじわと彼女を苦しめるだろう。

それでも後悔はなかった。

（リーヴァ、君の願いを利用する以上、私は責任をもってこの子を幸せにしてみせる）

彼が独り立ちできるまでの、ほんのわずかな間だとしても。

自身の権能が、いくつ剝がれ落ちようとも――。

◆

女神に引き取られて数日後。

「わあ……」

リオは見渡す限りの大海原に感嘆の声を漏らす。短パン姿だが寒くはない。むしろ冬だというのに暑かった。

ここは冒険島のとある海沿い。絶壁に閉ざされた小さな砂浜だ。

「私のプライベートビーチだよ。思う存分遊ぶがいいさ！」

エルディスティアは白いビキニスタイルで大きな胸を張る。

「あれって、『うみ』だよね？ ぼく、はじめて見た」

リオはたったか波打ち際まで走っていき、波を掬（すく）ってぺろりと舐（な）めた。

「しょっぱい。へんな味がする」

顔をしかめるも、すぐさま笑みを浮かべる。

（ふだんは無表情な子どもだけど、ときどきあんな風に笑うんだよね）

ゴロツキに向かっていったことからも、激情家ではあるのだろう。

「あとで泳ぎを教えてあげるよ。しばらく遊んでいたまえ」

エルディスティアはパラソルとチェアを出して、体を横たえた。

リオは寄せては返す波から逃げたり追いかけたり。砂浜を全力疾走したかと思うと、急に身を投げ出してごろごろ転がる。

（あれ、何が楽しいんだろう？）

女神には不思議でならない。

ぼんやり眺めていると、リオと目が合った。ぶんぶん手を振ってくる。

小さく手を振り返すと、にっと笑ってまた走り出す。

（今、何か楽しい要素があったかな？）

これまたさっぱりわからないが、自身の頬が緩んでいるのに気づいた。

（子どもをじっくり観察するなんて、あまりしなかったものな）

いつしかリオは砂を熱心に掘っていた。

貝殻を掘り当ててはうなずいて、砂の上に並べていく。

かと思えばカニを見つけて並んで歩いた。突っついたら指を挟まれ大騒ぎと忙しい。

「って、大丈夫かい？」

駆け寄ると、涙目になって女神を上目に見つめてくる。

（くっ……なんて可愛(かわい)い。じゃなく！）

自分は彼の保護者であり、幸せにするためにいるのだ。絆(ほだ)されてどうする、と自らに言い聞かせる。

「君、傷だらけじゃないか」

挟まれた指だけでなく、転げまわってできたすり傷が膝や脛(すね)にいくつもあった。

ぽわっとリオの全身が光を帯びる。小さな傷はたちまち元通りだ。

「ありがとう、エルディスティアさん」

「礼には及ばないさ。にしても、今度は砂だらけなのが気になるな」

海に入れば落とせるが……すこし驚かせてやろう。

もくもくと、晴れ渡った空がみるみる暗雲に覆われた。

ばしゃーっともの凄い勢いで雨が降る。

「なにっ⁉」

驚くリオの体から、あっという間に砂が洗い流された。

雲は風に流れてまたも青空が広がる。

「エルディスティアさんがやったの？　あれ？　でもあなたは濡れてない」

「私は神だよ？　天候を操ることも、自身を避けることもわけないさ」

ほわ～、との羨望の眼差しが面映ゆい。

「さて、君はずぶ濡れになったことだし、そろそろ海の中に入ってみようか」

「うん。でも、ちょっと怖いな」

「ちゃんと手を引いてあげるさ。水に潜るのも空を飛ぶのもお手の物でね」

ふわりと体を浮かせ、リオの手を取る。

そのまま海まで入り、潜っていく。

不思議なことに息ができた。色とりどりの魚たちが目の前を通り過ぎる。

中には魚とは思えない鋭い牙を持った大きな魔物も現れて、リオは肝をつぶしながらも海中遊泳を楽しむのだった――。

◆

リオは暇に飽かしていろいろなことに挑戦していた。

望めばどこにでも連れて行ってもらえたし、何か始めるにも道具はいつの間にかそろっていた。

気温も気候も女神の気分次第。雪遊びをした翌日に海水浴をすることもあった。

リオはあまり感情を表に出さない子だが活発で好奇心が旺盛だ。

冒険者になりたいとの意志も忘れず持っていて、棒切れを振り回したりと忙しい。

そうして、五年の歳月が過ぎた――。


「おや？　リオ君、今日は料理に挑戦かい？」

リオはキッチンで台の上に立ち、包丁を構えていた。

「刃物は危ないから気をつけってぇ⁉　指から血が出てるじゃないかーっ！」

わずかな切り傷にも女神は大慌て。駆け寄ってすぐさま、どこからともなく軟膏(なんこう)を取り出してぬりぬりする。傷はあっという間にふさがって元通りだ。

「ごめんなさい……」

「ああ、いや。謝ることはないんだ。ただ注意が必要なときは私にも声をかけておくれ」

しゅんとするリオの頭をなでなでする。

「サンドウィッチか。具材はもうできているんだね。これは楽しみだな」

ところが出来上がったものは、ぐちゃっと崩れて持ち上げるのもひと苦労だ。

ぱくっとひと口。

つぶした卵は粗くて固い。バターがたっぷりなわりに他の味付けは薄かった。

「うん、美味しいよ」

「……嘘（うそ）は嫌だな。これ、美味しくないよ」

リオは口に含み、しかめっ面になる。

「君の自己評価は正しくはあるんだけど……リオ君、ひとついいことを教えてあげよう」

エルディスティアはにっこり微笑むと、

「神ってのはね、隠し事はできても嘘はつけないのさ。だから今のは私の本心。君が一生懸命作ってくれたものだから、美味しいと感じたんだよ」

リオは一瞬きょとんとしてうつむいた。

「ありがとう……」

顔を赤らめ小さくつぶやくその様を見て、

（むはぁ～、可愛い！　ぎゅぅ～ってしたい！）

女神は平静を装いながらも大興奮。

この五年で、女神はすっかりリオの虜（とりこ）になっていた。

一心不乱にサンドウィッチを貪り食う。油っこかろうが味が薄かろうが美味いものは美味いのだ。

「むぐっ⁉　むむぅ～」

喉に詰まった。

リオは慌ててコップを渡す。たっぷり入ったミルクを一気に飲み干し、エルディスティアは大きく息を吐き出した。

「ふう、死ぬかと思ったよ……。神（わたし）は死なないけどさ」

さて、と食事を終えて元気を取り戻した女神が言う。

「今日は何して遊ぼうか？」

リオは腕を組んで考える。

「うーん……、島を見て回りたいかな」

「よし！　じゃあ今日は、久しぶりに空の旅にしよう」

女神は満面の笑みで応じた。

冒険島エルディアスは一辺が千四百キロメートルほどの、正方形に近い形をしていた。各頂点がおおよそ東西南北を向く。

広大な島には氷に閉ざされながらも炎燃え盛る大山脈や、灼熱（しゃくねつ）の大砂漠、超巨大樹の鎮座する密林に、穏やかな草原など多種多様な環境が混在していた。

上空二百メートルほど。リオの手を取り空を翔る。

凍えるような吹雪の中でも、陽炎揺らめく砂岩の地でも、女神と一緒ならば快適だった。

突然の風雨に襲われた。

二人してずぶ濡れになり、目が合うとなんだか可笑しくなって笑い合う。

大自然の中には巨大生物が闊歩して、リオは慄きながらも胸が高鳴った。

そんな過酷な環境の中でも、人々は町を造り活気あふれる生活を営んでいる。

「ミレイは、どこで暮らしているのかな？」

「……ごめんね。それは言えないんだ。でも引き取られた先で幸せに暮らしているよ」

神は嘘をつけない。

それを聞いていなくても、彼女の言葉は信じられた。


深い森の上を、風と共にゆっくり流れていたときだ。

「あれ？　エルディスティアさん、あそこに誰かいる」

枝葉の隙間から、若い男が走っているのが見えた。

その背後、枝を伝って進むいくつもの影。男と同じくらい大きな、猿型の魔物たちが彼を追いかけていたのだ。

エルディスティアは眉をひそめる。

「冒険者だね。すぐ近くにある小規模なダンジョンに潜っていたのかな？　レベルはそこそこだけど、ここは群れて行動する魔物が多いんだ。単身(ソロ)で動くなんて無謀な……」

よくよく見れば男は傷だらけ。ずいぶん逃げ回っているのか、息は荒く顎が上がっていた。

「ああもう、そっちじゃないよ。右へ進めば魔物が入れない安全地帯があるのに」

加えて彼は同じところをぐるぐる回っていたようで、彼を狙う魔物たちの行動範囲からも出られずにいた。だから執拗(しつよう)に追われているのだ。

「あっ！」

リオが思わず声を上げる。

男がつまずいて倒れた。しかし体力が限界に達したのか、立ち上がれない。

猿型の魔物たちは樹上で男を取り囲んだ。弱った相手でも警戒をしているのか、すぐには襲いかからない。

しかし男の背後にいた一体が、牙を光らせた。

殺される。

リオは我が事のように身を竦ませた。知らず女神の手をぎゅっと握る。

「大丈夫だよ、リオ君」

優しい声の直後、すうっと女神に手を引かれ、降下していく。

エルディスティアは男の背後に立った。

『キキ？　ウキキ、キキィ』

魔物たちが戸惑いの声を上げる。倒れた男から視線を外し、やがてすべてがこの場からいなくなった。

エルディスティアは男の耳元でパチンと指を鳴らす。

「えっ？　あれ？」

魔物たちがいないことにようやく気づいた彼は辺りをきょろきょろし、

「なんだ、あの光は……？」

木々の間にぼんやり光る場所を見つけ、立ち上がってふらふら歩いていく。

「あっちは安全地帯で人里がある。これに懲りて無茶をしないでくれるといいけどね」

エルディスティアは肩を竦めてみせる。

「ありがとう」

「どうして君がお礼を言うのさ？」

「あの人を助けてくれたから」

ふぅ、と女神はため息を吐き出す。

「子どもに凄惨な場面は見せられないからね。そのお礼というのなら受け取っておこう」

その言葉に嘘はない。

けれどリオに冒険者が殺される場面を見せたくないなら、構わず飛び去ってしまえばよかったはずだ。

なのに彼女はそうしなかった。

わざわざ彼を助けたのは、彼女自身がそうしたかったからに他ならないとリオは確信する。

た。


（嘘はつけなくても、隠し事はできるもんね）

　五年も一緒に暮らせば、女神の性格がなんとなくわかってくる。

　彼女はその優しさを表に出そうとしない。むしろ別の意図があると思わせようとする傾向があった。

　その理由は知れないながらも、リオは頬を緩ませる。

「そろそろ帰ろうか」

「えっ？　もう？」

「夕飯は私が作っちゃおうかと思ってね。その準備に時間がかかるだろう？」

　昼食前なのに夕食の話をする女神。

「エルディスティアさん、料理できるの？」

「むぅ、やったことはないけど手順くらい知っているさ。なんとかなるんじゃないかな？」

　光の扉が現れる。

　そこをくぐれば白い小屋のある丘の上だ。

　手を引かれ、光の扉を通る間、得も言われぬ不安がリオの胸に渦巻いた。

　何かがおかしい。女神の様子が、だ。

　いつもと変わらず笑みを浮かべる横顔が、なぜだか辛そうに見えたから。

　その不安が正しかったことは、数ヵ月も経ってからようやく知れた。

　女神エルディスティアはこの日を境に、空を飛ぶことがなくなったのだ――。

思い返せば納得できることばかりだった。

かつての女神なら容易くできていたことを、いつしか彼女はやらなくなっていた。

傷を治すことも。

天候を操ることも。

そして空を飛ぶことも。

その理由に思い至るまでの年齢に、リオはようやく達した。


——私自身が課したこの島のルールに抵触するからね。

——資格のない者の願いは叶えてやれない。私は、そういう存在だから。

——思わず手が出てしまったけど、今のだって重大なルール違反なんだぞ。


初めて会ったときの、彼女の言葉を思い出す。

神には神のルールがある。

では、そのルールを破ったらどうなるのか？

彼女は他者へ慈悲を示すたび、何かを失っていた。それが答えだ。

自身の異変に気づかぬわけがない。それでも彼女はどこかの誰かに優しさを振りまいてきたのだ。

あるときリオはこう尋ねた。

「ミレイを助けてくれたとき、僕が対価を払わないと言ったらどうしていたの？」

「なんだい藪(やぶ)から棒に？　まあ、判断能力の乏しい五歳児に『兄と名乗るな知られるな』なんて条件を突きつけたのは悪かったと思うよ。けど昔のことを蒸し返されても困るな」

ああ、やっぱりだ。

（『助けなかった』と、このひとは言えない）

そして『助けていた』とも彼女は言わない。

無自覚に優しさを振りまくくせに、いや無自覚だからこそ、この女神は自分を『優しい女神じゃない』と頑なに信じているのだ。

（なんて不自由なひとだろう）

神には神のルールがあり、神である彼女はそれに縛られている。

ただの子どもの自分に、いったい何ができるだろうか？

（今は、何もできない。でも――）

リオはこのとき、重大な決意をするのだった――。

◆

十二歳を間近に、リオは胸に秘めた決意を口にする。

「エルディスティアさん、僕、ここを出ていくよ」

きれいなひとは、変な顔をしてもきれいなんだな、とリオは彼女を眺める。

口をあんぐり開けた美女は出会ったときと同じく白い清楚なワンピース姿だ。

「いやいやいやいやいや！　待っておくれよ私を見捨てないで！　じゃなく、なんでいきなりそんな話に？　私があまりにずぼらだから？　ついに愛想が尽きちゃった？　でもでも家事全般まったく生活能力がないのは認めるところだけどそこはそら、私ってほら、女神だし？」

エルディスティアはまくしたてた。

素直で純朴な男の子との七年間で、すっかり女神は堕落したのだ。

リオはふるふると首を横に振る。

愛想が尽きたわけじゃない、との意思表示だが、エルディスティアは美貌を歪めて今にも泣きだしそうになる。

「嫌だ見捨てないでおくれよぉ……。もう正直に言ってしまうけど、私はね、君のことがす、すすすぅ……好きなんだ！　さらさらふわふわした黒い髪も堕ちていきそうなほど深い黒の瞳も、愛らしい唇も華奢な手足も、むろん起伏の乏しい感情なんかも含めて何もかもが！」

「僕もエルディスティアさんのことは好きだよ」

「はぅわっ！　もう死んでもいい……」

「貴女には死んでほしくない」

「うん、珍しく真摯に厳しめの顔つき、ありがとうごちそうさま。大丈夫。私は死なないよ。死ねないからね」

リオは軽い口調にもわずかに眉をひそめた。

エルディスティアは居心地が悪くなり、彼から目をそらしつつ言う。

「わからないな。ここでなら君は、何不自由なく過ごせる。逆にここを出てしまえば、もう私は君に何もしてあげられなくなるんだ」

それでもあえて、出ていこうとするのはなぜか？

もう一度、彼女は真面目なトーンで尋ねた。

するとリオはきっぱりと言い放つ。


「僕、冒険者になりたいんだ」


返ってきたのは幼いころと同じ言葉。しかし決意に満ちた瞳は真剣度合いが段違いだ。

そして女神の反応はあのころと真反対。

「ダメダメ絶対ダメだよそんなの！　冒険者なんて危ないもの……ぇ、本気？　もう決めたし絶対に譲れない？　私が止めても？　そう、か。ふーん、そっかぁ……」

ぷくーっと頬を膨らませたかと思うと、なんだか神妙な顔つきになり、やがてどんよりするや、へなへなと肩を落とす女神様。

「ああ、そうか。君には叶えたい願いがあるんだね。それはきっと、生き別れた妹に再会することだ……」

「えっ？」

「みなまで言わなくていい！」

びしっと手で制するエルディスティア。

リオには二つ下の妹がいて、今は離れ離れに暮らしている。兄と名乗ることは許されず、知られてもいけない。

かつてのように兄妹仲睦まじく、慎ましやかに暮らしたいのだろうと女神は考えた。

「うん、わかっているんだ。人の心は神だって変えられない。だから君の決意を、私は覆すことができない。そりゃあね、ふつうなら説得とかやるのだろうけど、私にそんなスキルはない。人とまともに会話したことなんて、君以外にはほとんどなかったんだ」

だけど！　と今度はキリリとしつつも、どこか辛そうに。

「私は反対だ。それでも行くというのなら――」

悲愴（ひそう）にも似た、こちらも決意に満ちた顔で、エルディスティアは告げた。

「意地悪をさせてもらう」

リオはあまりに子どもっぽい物言いに、ぷっと吹き出した。

「な、なんで笑うのさ⁉　前にも言ったかもだけど、神(わたし)は隠し事ができても、嘘はつけないからね。ホントの本気だぞ！」

知っている。それもまた、彼女が不自由である証左なのだ。

「その意地悪をすると、貴女に不都合があるの？」

「えっ？　えっと……神ってわりと『意地悪』は許されているんだよね。ホント迷惑な存在で申し訳ないんだけど……」

「だったら、いいよ。それでエルディスティアさんの気が済むならね」

「うぅ……気が済むとかの問題じゃぁ……ええい！　もうホントに知らないからね！」

エルディスティアは言葉の勢いとは裏腹に、ためらいがちにリオの頬にそっと手を触れた。

ほんのりとあたたかい。しかし次の瞬間、リオは体の奥底が煮えたぎるような熱さに襲われた。

「ああ、やっちゃった……。これで君はきっと冒険者になるのを諦めてくれると思うけど、私は君に嫌われてしまう……」

「僕が貴女を嫌いになることなんてないよ」

あえて何をされたかは聞かなかった。

落ち込みようから、かなり深刻な問題が自身に降りかかったとリオは考える。

それでもあまり気にならないのは、彼女の本質が『いいひと』だと信じているからだ。

「嬉(うれ)しい……。やっぱり君と離れたくない。けれど君の決意が固い以上、私にはどうすることもできない。意地悪してごめんね？　その代わりと言ってはなんだけど――」

彼女はもう一度、慈しむようにリオの頬を撫でた。

「君が生来持っている固有スキルは【英雄】だ。私が授けるものの中では最上級に位置する。けれど私に意地悪された君が持っていても仕方のないものなんだ。だから――」

またも体の芯が熱くなる。

「君の固有スキルを、変更した」

「えっ」

「私は、君を死なせたくない。冒険者なんて危ない仕事、命がいくつあっても足りないよ。むろん〝不死〟は神の領域だ。攻略者にならできなくもないけど、あんなのいいものじゃない。ただ新たに授けた固有スキルなら、君は天寿をまっとうするまでけっして死にはしないよ」

これでいい。

冒険者にでもなろうものなら、妹に再会する前に死んでしまう。

（だから、これでいいんだ……）

生気が抜けたように落ちこむ女神を見て、リオは焦った。

だって固有スキルは生まれながらに誰でもひとつだけ持つ、生来のスキルなのだ。

それを途中で、しかも個人的感情で変更するなんて――。

「女神自身（あなた）が、ルールを破ったんですか？」

彼女は答えない。それが答えだ。

「それじゃあ、貴女はまた――」

エルディスティアはリオの唇に人差し指を当て、続く言葉を遮った。

「まったく聡い子だね。でもいいんだ。これから先、私は君を見守るしかできない。私が生み出した魔物に君が殺されるところを見るなんて、私には耐えられないよ」

「メンタル弱いもんね」

「そうだけど！　だいたい君に会うまで、私は自分がこんなだなんて知らなかったんだ……」

リオが両手を広げると、見るからに大人で美しい女性が、思春期前の男子の胸に顔をうずめた。

金色に輝く髪を、リオはそっと撫でる。さらさらでふわふわだ。

「立場が逆ぅ……」

頼りなくも優しい、人以上に人間味にあふれる女神様。

けれどリオは彼女と生活していて気づいてしまった。

彼女に自由はほとんどなく、神々のルール、自らのルールに縛られていることを。

（僕は、このひとを救いたい）

命を救ってくれた恩返し。

楽しかった日々へのお礼。

それよりなにより、彼女のことが大好きだから。

妹に会いたい気持ちはある。女神が言うのだから、彼女はきっと生きている。

ならばなおさら、すでに相応の生活があるだろう彼女に、今さら『兄だ』と名乗り出て困惑させたくはなかった。

リオの願いは、ただひとつ。


（神様のルールなんて、僕が打ち破る！）


創造主でありながらこの島に囚われている彼女を、解放してあげたかった。

ゆえにこそ彼は、頂点を目指す。

冒険島エルディアス、そこにある七つの大きなダンジョンを攻略すれば、創造主たる女神がひとつだけ願いを叶えてくれるのだ。

女神の力を逆手に取って女神を救う。

決意を胸に、リオは彼女のもとを離れた――。


拠点を定め、さっそく冒険者登録をした。

ステータスを確認し、レベル１と判明する。

それはいい。

まだ子どもの自分なら、今の時点でレベル1なのはむしろ当然と言えた。

しかし問題は、ここからだ。

どうやら女神様は、リオにとんでもない重しを与えたらしい。

——次のレベルまで１００，７２０，１９４です。

必要経験値が一億ちょっと。

それは一流冒険者でも生涯をかけて獲得できるかどうかの、途方もない数字だった——。

第二章　経験値一億の壁を越え

リオ・ニーベルクは島の南端にある〝始まりの町〟にやってきた。

とある宿屋兼酒場に、住み込みで働くことを条件に拠点を構える。

まだ十二歳と子どもの彼はそこでの仕事でわずかなお金を貯め、装備を整えた。

そうして鉄の剣と粗末な軽鎧(けいがい)を装備して、仕事の合間に冒険に出る。

しかし彼は駆け出しのレベル1。当然ながら――。


茂みの点在する草原地帯。

「はあ、はあ、はあ……」

肩で息をするリオの前には、ぴくぴく痙攣(けいれん)する大きなアリの魔物がいた。

彼の腰ほどの大きさの魔物は、この島では脅威度最低レベルの『ソルジャー・アント』だ。

安物の剣は刃こぼれし、軽鎧も傷だらけ。

三十分近くの格闘の末、ようやくとどめをさしたその直後。


――経験値5を獲得しました。

脳内に響く無感情な声を聞き、リオはがっくりと肩を落とす。

（こんなに苦労して、たったの5か……）

一般的にはこの魔物を二十体も倒せば、次のレベル――2へ上げられる。

しかしリオは一億ちょっとの経験値が必要なのだ。

（これじゃあ、何万年かかるかわからないよ）

弱い魔物を倒しても、得られる経験値は高が知れている。

自分よりも強い相手を倒せばボーナス補正がかかってより多くの経験値が手に入るものの、レベル1の彼では挑戦権すら与えられていなかった。

リオが念じると、眼前にステータス画面が表示された。彼にしか見えない、彼自身のパーソナルデータだ。

＝＝＝＝＝＝＝＝＝＝＝＝＝＝＝

ＨＰ：３２／７０
ＭＰ：１０／１０
ＳＴＲ：４５／１４１
ＶＩＴ：６７／１５７
ＩＮＴ：６５／１０４
ＭＡＧ：１５／６５

ＡＧＩ：４８／１２６
ＤＥＸ：５０／１０３
＝＝＝＝＝＝＝＝＝＝＝＝＝＝＝

冒険島にはレベルという概念が存在し、能力を数値化したステータス・システムに人々は支配されていた。

下側の数値がそのレベルでのＭＡＸ値。上側の数値は現状を表す。

リオのステータスは平均からそう逸脱はしていない。

レベル１でのＭＡＸ値はだいたい１００前後なので、筋力(STR)や体力(VIT)、俊敏(AGI)がやや平均より上といったところだ。逆に魔力(MAG)はかなり見劣りする。

（やっぱり、まずは体を鍛えないとダメかな）

魔物と戦いながらが効率的なのは間違いない。ただ一匹でこれだけ苦労するなら考えを改めるべきだろう。

霞(かすみ)と消えた魔物のいたところには、一枚の銅貨が落ちている。

（パン一枚だって買えないじゃないか）

しばらく住み込みのバイトは継続するしかなさそうだ。

ふぅ、と息をついたのも束の間。

『キキキ……』

また、ソルジャー・アントが現れた。
（今は戦える状態じゃ――ッ!?）
一人では無謀。かつての女神の言葉が脳裏をよぎる。
残った力で逃げようとするも、背後にもう一匹、草むらから同じ魔物が出てきた。
「くそっ！」
恐怖を飲みこみ、目の前の敵に斬りかかった。
倒そうとしてはダメだ。
なんとか隙を見つけて逃げ出さないと。
しかし疲労で剣が重い。
渾身（こんしん）の一撃が、ひらりと避けられ地面を叩（たた）いた。
（あ、マズい）
避けた魔物はさすがに最弱。すぐには攻撃態勢を取るには至らない。
だが背後から飛びかかってきたもう一匹が――。
ガキンッ！
「ぐぅっ……」
片足に噛（か）みついてきた。
傷は浅い。さすがは最弱。しかし大きなあごで挟まれ、身動きが取れない。
「あ……」

そこへ、態勢を整えた一匹が突進してきて。

あとはもう一方的だ。

リオは身を縮こまらせて耐えに耐えた。なんとか脱出して逃げ延び、生き延びようと必死に思考を巡らせ抗う。

しかし生命力(HP)はどんどん削られていき、体中から血を流した彼の命は風前の灯だ。

薄れゆく意識の中で、彼は聞く。


――固有スキル【女神の懐抱(かいほう)】が発動しました。


脳内で響く声を。

続けざま彼の身体が淡い虹色の光に包まれた。

ソルジャー・アントたちはしかし、その不思議な光景を気に留めた様子はない。

相手を仕留めたと確信したのか、リオから離れて草むらの中へ姿を消した。

この島の魔物は捕食目的で人を襲わない。

敵と認定したものを倒せば興味を失くし、別の敵を攻撃するか、別の場所へ移動するよう調整されていた。

リオは仰向けに倒れ、澄み渡った空を見つめる。

いや眼前に表示されたステータス画面を凝視していた。

——HPが、全快していた。

疲労で下がった他のステータス値も元の値に戻っている。

固有スキル【女神の懐抱】。

女神が与えた、まさしく『死』を回避する究極のスキル。

瀕死(ひんし)の状態からあらゆるケガや病気、状態異常を瞬時に全回復させる効果がある。

HPが0になった瞬間はもちろん、部位欠損など大ケガを負っても発動する。

一日の使用回数に制限もなければ、再発動時間(インターバルタイム)もなかった。

スキルの効果自体は把握していたが、実際に発動して初めて思い知る。

(まさか、ここまですごいなんて……)

助かった、と感謝したリオは、続けて妙な声を聞く。

——経験値2010を獲得しました。

いったい何がどうなったら、ソルジャー・アント402匹分の経験値が手に入るというのだろうか?

唐突に謎を突きつけられ、リオは仰向けに寝たまま思考を巡らす。

「……固有スキルの発動が、関係しているよね」

状況的に、それがもっとも可能性が高い。

しかし固有スキルを発動しただけで、膨大な経験値が手に入る理屈がわからなかった。

リオは幼いころに女神に拾われ、ずっと人里から離れて生きてきた。

ゆえに常識がかなり欠如している。

経験値は、ふつうに生活していても微量ながら得られるものだ。極論、息をしているだけでわずかながら手に入る。

ただあまりに小さな値であるため、魔物を倒すなどしたときに加算され、まとめて経験値取得アナウンスがされるのだ。

むろん、スキルの発動によっても経験値が得られる。魔法の使用も然り。

ただし数百、数千もの経験値となるのは、ごく限られたスキルが特殊な条件で発動した場合のみなのだ。

（ともかく試してみよう）

リオはむくりと起き上がると、茂みをがさがさと剣で鳴らした。

『キキキッ！』

ぴょんと飛び出す巨大アリ。

「さあ来い！」

リオは剣を腰に差し、両手を広げて待ち構えた。

『キ？』

やられる気満々な彼を、不審そうに見つめる巨大アリ。

だがリオの膝が震えているのに気づいたのか、きらりと複眼を光らせて襲いかかってきた。

（う……やっぱり怖いな）

いくら『絶対死なない』究極スキルを持っていても、痛いものは痛い。

さっき二匹に袋叩きにされたときも全身が痛くて泣きそうだった。実際ちょっと泣いてた。

（そもそも、このスキルって万能なの？）

頭をつぶされても復活する？　大魔法で跡形もなく消え去ったら？

ソルジャー・アントにそれほどの力はないとわかっていても、万が一の文字が脳裏をよぎる。それでも――。

「ぐわっ！」

恐怖を押しやり、まともに攻撃を食らった。腰のあたりが大あごに挟まれる。

大アリは最弱であるがゆえ、一撃でＨＰを全部もっていくことはない。

しかしだからこそ。

「痛いってば！」

が、耐える。検証は必須なのだ。

胴体の両断を諦めたのか、ソルジャー・アントはいったん離れ、戦闘意欲がまるでないリオを牽制しつつ回りこむ。

（そういうのいいから、早くやっちゃってよ）

ようやく棒立ちの彼目掛けて背後から飛びかかる。

その後は全身ガジガジされ、なんとかＨＰが０に近づき、

——固有スキル【女神の懐抱】が発動しました。


待ちに待った声に安堵する。

ライフもだが意識もゼロに近かった。気絶してスキルが発動できなかったらとの不安から懸命に耐えたのだ。

ＨＰが全回復した。

大アリが去っていく。


——経験値１６０を獲得しました。


少なっ！　と内心で叫ぶリオ。

（とはいえ、えぇっと……ソルジャー・アント３２匹分か）

もはや経験値の単位が大アリになっていた。

（これでもふつうに倒すよりは全然いいけど、さっきと違い過ぎるよね）

二匹を相手にした、とは関係が薄いように思う。十倍以上も異なる根拠たり得ない。

さっきと今、違いがあるとすれば。


(僕の意識、かな……?)


本気で戦おうとしたか、わざとやられたか。

(いやまあ、最初のは逃げようとして失敗したんだけどさ)

それでも必死に抗ったのは事実。

その点に、大きな違いがあるような気がしてならなかった。

「よし、じゃあ試そう」

今度は本気でやる。

倒してしまうかもしれないが、疲れたところでもう一匹と戦えばスキルは発動するだろう。

正直、怖い。

一度目はわけがわからないままだった。しかし二度目は覚悟してなお、意識が途切れそうになるほどの痛みがあったのだ。

あの苦痛を、また味わう。

いや、一度で済むほど簡単ではないだろう。

「でも、やるしかない」

あの楽園のような生活を捨ててでも――あの優しくも愉快な女神の下を離れてでも、冒険者を志した。

この冒険島エルディアスの七大ダンジョンを攻略する。

そうしてもう一度、あの女神に正しい手順で会う。

でなければ彼女は願いを叶えられないから。

リオの願い。

それはただ純粋に、不自由極まる女神を解放すること。

できる保証はない。

余計なお節介と嫌われるかもしれない。

けれどずっと独りぼっちな彼女を放ってはおけなかった。

すでに装備はボロボロだ。上半身を露わにし、彼は三度目の死に挑むのだった――。

◆

リオはまどろみの中で夢を見た。幼いころの記憶だ。

『冒険者になりたいだって？　アタシみたいな？　はっ、やめとけやめとけ。どうせアタシみたく解けない呪いをかけられて、衰弱死を待つのがオチってもんさ』

長い黒髪を後ろで束ねた、美しい女性だ。リオの母リーヴァ・ニーベルクである。

『けどまあ、どうしてもやりたいってんなら止める理由はないわな。とりあえず呪い耐性はつけとけよ？　アタシみたくなりたくなかったらな』

かつて最強にして最優の魔法剣士として名を馳せた彼女はしかし、とあるダンジョンボスとの戦いで強力な呪いを受け、やせ細っていた。

母の武勇伝を聞き、憧れた。

けれど今のリオは、ただひとつの願いを叶えるために戦っている。

『ふぅん。だったら、そうさな。〝諦めるな〟。この島を攻略するのに一番必要なのは、諦めの悪さだ。想いが強ければ強いほど、夢ってのはあっちから走ってくるもんさ』

そんなセリフ、母が言った記憶はない。

夢の中で激励されたように感じ、リオはゆっくりと目を開いた。

長い長い道のりの、最初の一歩を踏み出したところ。

（うん、僕は諦めないよ）

決意を新たに、リオは立ち上がった――。


初めて剣を腰に差して町を出てから、一週間が経った。

この間にリオの瀕死回数は百を超える。

全回復した直後にまた死にそうなほど痛めつけられもした。

けれどこの一週間で、固有スキル【女神の懐抱】の特性をおおよそつかむことに成功する。


ひとつ、スキル発動によって得られる経験値は真剣に戦えば戦うほど多くなる。

これは推測した通りだった。

やる気がないのはもちろん、恐怖で戦意が喪失したら経験値が少なくなる。だから相手を必ず倒す、あるいは絶対に逃げのびるとの強い意志が必要だ。


ひとつ、相手が強ければ強いほど得られる経験値は多くなる。

倒す場合と同様に、レベル差によるボーナス補正がかかるらしい。

この事実は、今の彼には有利に働いた。強い相手ならさくっと倒してもらえるからだ。怖いと感じる暇もない。


ひとつ、意識を失ってもスキルは発動する。

大きな成果だ。

痛いのを我慢しなくてよく、安心して気絶できるので。

ところが弊害もある。気絶すると得られる経験値が激減するのだ。なのでがんばって意識を保つことにした。

ひとつ、与えられたダメージが大きい場合に得られる経験値が飛躍的に多くなる。

検証にもっとも難航した項目だ。

パターンが多岐にわたり、結果として試行回数が多くなった。

万全の状態から即死級の攻撃を受けてＨＰがごっそり削られた際、じわじわ袋叩きにされるよりもかなり多くの経験値が得られた。


ひとつ、ＨＰが０以外でのスキル発動時は比較的得られる経験値は少なくなる。

腕を切断されたり、両足をつぶされたりしたときにもスキルは発動した。しかしこの場合、同じ相手に殺されかけたときよりずっと得られる経験値は少なかったのだ。


ひとつ、このスキルは自分の意思では発動できない。

完全なる自動発動だ。

ちょっと疲れたら発動して常に万全の状態で、とはいかない。

今はまだ必要ないが、先々苦労するかも？


とまあ、大きくは六つの特性がつかめた。

こまごましたものはノートにびっしり記録して把握する。

けっきょくのところリオは、死に直面して復活するたび、通常ではありえないほど多くの経験値を獲得できるのだ。

(なんでまたこんな不具合じみたルールがあるんだろう?)

疑問は後回し。今はこの事実をどう利用するか、だ。

効率よく経験値を稼ぐには、より強い魔物と戦う必要がある。

しかし強い敵はダンジョンの奥深くにいるから、そこにたどり着くまでに無駄な時間を費やすことになるだろう。

強いパーティーに入って、そういったところへ連れて行ってもらうのが現実的だ。

ところがレベル1の自分では、ステータスをレベル内MAXにしたところで戦力たり得ない。強いパーティーがお情けで入れてくれるとは思えなかった。

リオは自身のステータスとにらめっこする。

幸い、筋力と体力の数値は(レベル1にしては)高い。回避もそこそこなので、パーティー戦で流れ弾に当たって迷惑をかけることは最小限に抑えられるかも。

(でも、じゃあ何がやれるんだ?)

悩みに悩んだ末、リオはひとつの解にたどり着く。

(そうだ。荷物持ちなら!)

荷物持ちはそのものずばり、パーティーの荷物を運搬する職業だ。そもそも戦力として期待されていない。

死を回避する究極スキルがあれば、荷物持ちがいなくなって迷惑をかけることもない。

これは重宝されるに違いない！

方針は決まった。

まずは各ステータスをレベル内ＭＡＸまで鍛え上げる。

そうして荷物持ちとして、強いパーティーに随行するのだ。

経験値一億。

それをクリアするまで何年かかるかわからない。我慢の時間だ——。

◆

人の寄りつかない白い家。

エルディスティアはソファーの上に寝転がり、美貌を手で覆って足をばたつかせていた。

「あぁ、もう！　見ていられないよぉ！」

虚空に浮かぶ映像では、ボロボロになった少年が必死になって剣を振るっていた。

こんなはずではなかった。

レベル２までに絶望的な経験値が必要だとわかれば、冒険者になるなんて考え直してくれると思ったのに。

それどころか、である。

「この子ってば死ぬのが怖くないの⁉」

天まで届けとばかりの大絶叫が虚しく響く。

たしかに、たしかにだ。

リオに授けた唯一無二の究極スキル【女神の懐抱】で死の淵から復活すれば、モリモリ経験値が手に入る。

この島ではあらゆる〝経験〟が数値化され、『経験値』として加算されていく。

ありふれた経験ならばごく少量だが、魔物を倒すなどの『特別な経験』はより大きな値となってその人に与えられた。

死からの完全復活なんて、特別中の特別な〝経験〟だ。

さらに言えば。

どこの誰が、死にかけの自分に最高位の治癒魔法を施せる？　魔法を使う力も精神的余裕もあるはずないよね？

要するに彼はそのレベルの難度をスキルの恩恵でやってのけている。

誰もできないような、極めて特殊な〝経験〟を。

そのうえ『やり遂げよう』との強い意志による加算と、最低レベルであるがゆえのボーナス補正まで加わっているからさあ大変。

相手次第では、レベル1でダンジョンボスを倒したくらいの経験値がゲットできてしまう。

それもこれも自身が与えた固有スキルのせいなのだが。

むろん彼女とて究極スキルを与えるにあたり、大量の経験値が入ることは危惧していた。

でもレベル2に上がるまで、一流の冒険者でも生涯得られるかどうかの、絶望的な数値に設定したから大丈夫だと高をくくっていた。

「なのにもう！　あの子ったらもう！」

いくらなんでも思いきりがよすぎる。まだ十二歳の子どもなのに。

死にそうな目に遭えばものすごく痛いだろうし、たとえスキルがあろうと『死』への恐怖が拭われるはずがない。

だというのに彼は、むしろそれを利用して経験値を稼ぐつもり満々ではないか。

「どうしてそこまで……」

理由は明らかだ。

生き別れになった妹との再会を果たす。そして兄妹水入らずの穏やかな生活を望んでいるのだ
——とエルディスティアは勝手に考えている。

しかし、それにしてもリオの行動は常軌を逸していた。

「そういえば、〝彼女〟も向こう見ずなところ、あったなあ……」

この冒険島で、唯一七つの大ダンジョンすべてを攻略した剣士。

女神に拝謁して願いを叶えた女性。

「血は争えないってことかあ」

リオの母、リーヴァ・ニーベルクである。

「そこんとこ、考慮しなくちゃだったかも？　うん、失敗したぁ……」

神様なのに後悔しまくりのエルディスティア。

虚空に浮かぶ映像を消し、しばらく悶々とするのだった――。


――それから二年。

冒険島エルディアス中に、ひとつの噂が駆け巡った。

万年レベル１ながら『死なない』便利な荷物持ちがいる、と。

そしてついに、リオが待ちに待った瞬間が訪れる。

レベル２の壁を、突破する瞬間が――。

◆

冒険島エルディアスには大小さまざまなダンジョンが存在する。

うち大きな七つが『七大ダンジョン』と呼ばれ、これらをすべて攻略すると創造主たる女神にひとつだけ、どんな願いでも叶えてもらえるのだ。

島は正方形に似た形をしており、各頂点が東西南北に向いていた。

東西南北と中央の五つに区分けすると、七大ダンジョンは北と中央に二つずつ、他にひとつずつが存在する。

それぞれに特色があり、ひとつを攻略するのも困難を極めた。


西地区にある七大ダンジョンのひとつは広大な地下迷宮で、ダリタロスと呼ばれている。

リオは今日、冒険者ギルドを通じてとある三人組のパーティーに雇われた。

ギルドの担当者の話では、数日前にこの島へやってきた島外の者たちで、いきなり七大ダンジョンに挑むのだとか。

迷宮の入り口近くにある、拠点の町。

魔物が寄りつかない安全地帯に作られている。

町の中心部にある広場に行くと、三人組の冒険者パーティーが待ち構えていた。

彼らの側には、リオの身長ほどもある大荷物が置いてあった。

「おいおい、本当にただのガキじゃねえか。しかもレベル1なんだろ？　大丈夫なのかよ？」

リオが挨拶するや、剣士風の若い男が顔をしかめた。目つきの悪い、一見するとゴロツキのような粗野な感じがする。

もう一人は全身鎧(よろい)を着た女性だ。さらにローブ姿でなよっとした青年がいる。

リオは一人一人を、吟味するようにじっと見た。

(女の人はレベル21、回復系魔法が使える重戦士か。ローブの人は17で攻撃魔法に特化。そして剣

士の人は……レベルが18なのはいいとして、固有スキルが【逃げ足】ってまた珍しいな）

有用なスキルではあるが、常に前へ進みたい冒険者からすれば嫌うスキルとも言える。

彼らはこの島に入って初めて、ステータス・システムに身を投じた。

剣士が自身の固有スキルを目の当たりにして愕然（がくぜん）としたのが想像できる。

（機嫌が悪そうなのはそのせいかな？）

リオは気にせず、しかしずばりと言い放つ。

「貴方たちこそ大丈夫なんですか？　島へ来ていきなりダリタロスに挑むなんて無謀ですよ」

「なんだとテメエ⁉」

「よさないか！」

つかみかかろうとした剣士を鎧戦士の女性が割って入って制する。

「失礼をした。我らはこの島のずっと西にある国から派遣された騎士でね。王命によりダリタロス地下迷宮に眠る、とある宝を手に入れに来た。悠長にしていられる時間はない。だからこの迷宮に集中したいのさ」

女性は自身と他の二人を紹介する。それぞれの名は女性がバネッサ、剣士がドナ、魔法使いがピエールだ。

「騎士……」

「あ、テメエこら、今『こいつ騎士っぽくねえ』とか考えてたろ？」

「いえ、僕は騎士がどういうものか知りません。そう名乗る人に会ったのも初めてです」

「ははは、物語にある騎士と比べれば、我らは泥臭く感じるだろうね。実際には任務に次ぐ任務の連続でちょっと給料の高い下働きのようなものさ」

この女性の口調はどこか耳に馴染む。リオはしゅんとして返した。

「さっきはすみません。僕の言い方が悪かったですね。皆さんの実力は確かだと思います。ただ、ダリタロスは七大ダンジョンの中でも二番目か三番目に攻略が難しいところなんです」

「ああ、君が危惧するところは理解した。油断なく迷宮に挑み、長く冒険者のサポートをしている君の意見にも耳を傾けると誓おう。ところで――」

バネッサは眼光鋭く問う。

「今君は、我らの実力が確かだと言ったね。それはどういうことかな？　君とは初対面で、まだこちらの実力の程は見せていないはずだが？」

ん？　とリオは首を捻った。逆に尋ねる。

「僕が【鑑識眼】を持っているのは聞いてないんですか？」

「「「はあ!?」」」

これまでわたわたしていただけの魔法使いも含め、三人が声を合わせた。

「そうですか。ギルドの人が伝え忘れたんですね。じゃあ僕から説明を――」

「いや、【鑑識眼】は知っている。しかしあれは通常スキルとも固有スキルとも違い、貴重なアイテムで習得する限定スキルだろう？　中でも極めて希少性が高いと聞いているが……」

この島のステータス・システムでは、三種類のスキルが存在する。

日常生活などでいつの間にか習得し、習熟度によってLv１から10にまで成長する通常スキル。

生まれながら、あるいは島に入った瞬間に女神からひとつだけ授けられる固有スキル。

そして『スキル・ブック』とよばれる特殊アイテムを使用して獲得する、限定スキルだ。

基本的な効果が多い通常スキルや、有用無用様々でまさしく女神の気分次第な固有スキルとは違い、どんなスキルでも極めて有用というのが限定スキルの特徴だ。

むろんスキル・ブックの入手は困難を極め、中には唯一無二といえるほど高性能なスキルも存在する。

【鑑識眼】は人や物の本質を見通す効果がある。他者のステータスまで見えてしまうのだ。

「なんで万年レベル１の荷物持ち風情が持ってんだよ⁉」

「貴様はたいがい失礼だな！　もう黙れ！」

バネッサに窘（たしな）められ、剣士の男、ドナはしょんぼりする。

（この女の人がリーダーなのか。いい人そうでよかった）

などとどうでもいいことを考えるリオ。

「いやしかし、私とて信じられない思いはある。偶然手に入るものではないだろう？」

「半年前、島の中央にある密林迷宮にサポートで入ったときに、偶然見つけました」

「どれだけ運がいいんだ⁉」

「僕の運がよかったわけじゃありません。本来の所有権は僕がサポートした冒険者パーティーにあったんです」

リオはパーティーの一員ではなく、あくまで荷物運びで随行した支援者(サポーター)に過ぎない。

ダンジョン攻略中に見つけた宝はたとえサポーターが見つけたとしても、冒険者パーティーの所有物として扱われるのがこの島の（女神の、ではなく）ルールだった。

「それが、なぜ？」

「事情がありまして……そのパーティーのリーダーさんから『君が使え』と渡されました」

「太っ腹にもほどがあるな……。もしかして君、探索系のスキルも持っているのか？」

「いえ、それ系は特に持っていません」

見ますか？　とリオは自身のステータスを虚空に表示させた。ふだんは本人にしか見えないが、意図すれば他者にも見せられる。

ただ冒険者同士が敵対する可能性がある以上、やる者はほぼいなかった。

＝＝＝＝＝＝＝＝＝＝＝＝＝＝＝＝＝＝＝＝＝＝＝＝＝＝＝＝＝＝＝＝＝＝＝＝＝＝
料理Lv３　清掃Lv４　運搬Lv６　剣術Lv２　危機察知Lv５　緊急回避Lv３　健脚Lv５
集中Lv６　気絶耐性Lv８　毒耐性Lv５　麻痺(まひ)耐性Lv３　石化耐性Lv１　混乱耐性Lv３
睡眠耐性Lv２　魔封耐性Lv２　拘束耐性Lv２　呪い耐性Lv３　魅了耐性Lv２
恐怖耐性Lv10

物理攻撃耐性Lv7　火炎耐性Lv5　氷結耐性Lv3　雷撃耐性Lv2
鑑識眼（Limited）
女神の懐抱（Unique）
＝＝＝＝＝＝＝＝＝＝＝＝＝＝＝＝＝＝＝＝＝＝＝＝＝＝＝＝＝＝

「「「多っ！」」」

　またも声を合わせる冒険者たち。

「というかこれ、耐性系の通常スキルはすべて習得していないか？　そもそも戦闘中は敵の攻撃を『受けない』ことを意識すべきものだから、耐性系のスキルは習得すら難しく、スキルレベルもなかなか上がらないとも聞いていたのだが……」

「僕は攻撃を受けまくりですからね。でも石化を使う魔物は少ないですから、習得したのは二ヵ月くらい前です」

　それでも冒険者になって二年経たずに耐性スキルをコンプリートしたのはリオだけだ。

「恐怖耐性がレベルMAXって……。オマエどんだけ怖い目にあってきたんだよ……」

　剣士が一転して同情の目を向けてくる。

「日に何度も死にかけていますから」

「んなキツイことしれっと言うなよ……」

「あまり話しこんでは時間の無駄ですね。続きは歩きながらしましょうか」

リオは自身の背丈ほどある大荷物をひょいと担ぐ。

「楽々持ち上げやがったな……」

レベル1のリオが軽々大荷物を担げるのは、通常スキル【運搬】で筋力と体力にプラス補正がかかるためだ。もちろん慣れもある。

「それじゃあ、出発しましょうか。ああ、それから」

飄々（ひょうひょう）とした言い方にも、続く言葉に三人は息をのんだ。

「僕は死にません。だから気遣いは無用です。もちろん、皆さんの荷物は必ず守ります」

そうしてリオはいつものように、けれど今日こそはと気合を入れてダンジョンに挑む。

次のレベルまで一億ちょっと。

途方もない絶望的な数字はしかし、今では残り一万を切っていた――。

◆

――固有スキル【女神の懐抱】が発動しました。

喰（く）いちぎられた右腕が、直後に完全回復する。

「ちょ待っテメェ！　腕が！　ええ⁉　大丈夫なのかよ⁉」

剣士のドナが慌てて叫ぶ。言動の荒い男だが、リオを気遣っての発言らしい。

ここは地下大迷宮ダリタロスの第六階層。

広い洞窟といった様相で、でこぼこの壁面からは淡い光が放たれている。

「平気です。それより右から来ます。避けてください」

淡々と告げた言葉に従いドナが右を向けば、円形の大口が迫っていた。

鋭い歯が円周に隙間なく並ぶ。丸呑みされかねない勢いに驚き、ドナは真横に飛んだ。

大口から粘性の液体が吐き出される。

さきほどまで彼がいた地面が、じゅわじゅわと溶けていった。

「くそっ、いきなり強くなってねえか？　さっきまでは楽だったのによぉ！」

睨みつける先には、三メートルはあろうかという大ミミズがいた。頭の部分には大きな口。皮膚はくすんだ銀色の金属質でつるりとしている。

シルバー・ワームと呼ばれる魔物だ。

それが三匹。

先ほどリオの右腕を食いちぎった個体はバネッサが相手していた。彼女が応じる。

「たしかに、上の階層に比べて格段に強くなっている。これは……キツいな」

もう一人、ローブ姿のピエールが火球を放つも、頑強な体に跳ね返された。

「僕の魔法じゃ歯が立ちません。実質三対二ですよ、これ。追い詰められます！」

弱気の叫びをリオが否定する。

「落ち着いてください。体は硬いですけど今の魔法なら口に放てば倒せます。溶解液の攻撃がありますから、剣を口に突っこもうとは考えないでください」

「つまり我ら前衛は牽制するにとどめ、魔法で仕留めろと？」とバネッサ。

「でも一匹余るだろうが！」とドナが憤慨する。

「そっちは僕が引きつけます」

「はあ⁉　レベル1のテメエに何が――オイ待てコラ！　勝手に動くんじゃねえ！」

リオは一瞬だけ考えて、身の丈ほどもある大荷物を背負ったまま、一番近くにいる巨大ミミズに駆け寄った。

荷物を持ったままなのは、乱戦の中で荷物を置き去りにすれば不慮の事故で破壊されかねないのを危惧してだ。【運搬】スキルのおかげで荷物を持っていればステータスにプラス補正がかかるので、大して動きは鈍くならない。この身を盾にすれば溶解液から荷物を守れる。

「僕への気遣いは無用です、と言いましたよ？」

大口が向けられる。

即座に横へ回りこんだ。腰に差した短めの剣を抜きはしない。自分の役割は魔物の注意を引いてひたすら逃げ回ることなのだから。

愚直に、辛抱強く走り回るもやがて疲労は溜（た）まっていく。その程度では究極とも言える固有スキルは発動してくれず、

「ぐあっ！」

リオは溶解液の直撃を浴びるのだった——。


危機は去った。

リオが一匹の気を引いている隙に、残る二匹を剣士のドナと鎧戦士のバネッサがそれぞれ抑え、魔法使いのピエールがリオの指示通りに魔法で各個撃破したのだ。

休憩しようとの話になり、広い三叉路(さんさろ)の壁際に固まる。

「君に言われた通りに魔物除けの結界を張ったけど、これでいいのかな？」

「はい、三つの道から同時に魔物が現れる可能性はかなり低いですし、これだけ広ければ近づいてきた魔物が素通りするスペースもたくさんあります」

リオは大荷物を下ろし、その場に座った。上半身の服は溶かされボロボロになったので、替えのシャツを着ている。

「しかしよぉ、ほんとテメエ自分を大切にしろよ！」

ドナは戦闘を終えても怒りが収まらない様子だ。

「そう怒鳴るな。しかし君もたいがい無茶な子だな。しかも十四歳にしては肝が——ああ、据わり過ぎている理由はあれか。レベル10の【恐怖耐性】が、それほどとはね」

バネッサがへたり込む。

リオは荷物から回復薬の小瓶を取り出し手渡した。

「さっそくですけど提案があります。引き返しましょう」

何か言いたげなドナを手で制し、バネッサが尋ねた。

「理由を訊かせてくれないか」

「今戦ったシルバー・ワームは、この第六階層では最弱の部類に入る魔物です」

三人が息をのむ。

こういった説明は冒険者ギルドで行うものだが、彼らの担当者は怠慢だったらしい。

「一匹だけなら楽に対処できます。でもあの魔物は群れで行動します。この階層では三、四匹程度ですからなんとかなるとはいえ、連戦になれば『万が一』があるかもしれません」

「むろん、疲労が溜まる前にこうして休憩を取るつもりだ。魔物除けの結界を張っておけば交代で睡眠も――」

「それだけじゃありません」

リオは強い口調で遮る。

「この階層には、厄介な魔物がいるんです。おそらく貴方たちの攻撃はどれも通りません」

「そ、そこまでの魔物が……？」

「この広い階層に二、三体しかいないらしいので滅多に会うことはないんですけど……」

リオはじっと、バネッサを見た。

「ん？　私がどうかしたのか？」

「……貴女の固有スキルは、【悪戯な幸運】ですよね？」

「ああ、『自身が望む、望まないにかかわらず幸運が訪れる』との解説がある。『望まない幸運』の意味はわからないが、なかなかいいスキルだと思うぞ？」

　バネッサは得意げに胸を張る。

　固有スキルが【逃げ足】であるドナが実に羨ましそうな目で見ていた。

「ええ、実際この階層に来るまで、異常なほど魔物に遭遇しませんでした」

「うん。この階層に降りてからも先ほどの戦闘が初めてだったものな」

「おおっ、ちゃんと効果があるもんだな」

「そうですね。こういう方がパーティーに一人いると心強いです」

　ドナもピエールも安心したような顔つきだ。


「それ、本当に皆さんが望んでいることですか？」


　リオが真摯に尋ねると、三人は顔を見合わせてのち、バネッサが口を開いた。

「もちろんだとも。我らはこのダンジョンに隠された、とある宝を入手するのが目的だ。だから余計な戦闘を回避できるならそれに越したことはない」

　そんな逃げ腰では、すぐ下の階層にだって行けやしない。

　現状認識の甘さはさておき、どうやら今は彼らの『望んでいる状況』ではあるらしい。

となると、やはり――。

「やっぱり引き返しましょう。嫌な予感がします」

「おいおい、そんなあやふやな理由で帰れるかってんだ」

リオも本当なら引き返したくはない。

あと少し。

あと数回でも『死』から全回復すれば、ようやくレベルが上がるかもしれないのだ。

しかし自分の都合で彼らを危険な目には遭わせたくなかった。

だってこの三人には、『死』を回避する術がないのだから。

「いえ、根拠がないんじゃなく、そろそろ『望まない幸運』が――ッ⁉」

ぞくりと、リオの背に怖気が走った。

「何か来ます。すぐに移動の準備をしてください」

「いきなりどうした？　あ、まさか……君の通常スキル【危機察知】か？」

リオが答えるより先に、ズシン、と。

かすかに洞窟を震わせる音が響いた。

ズシン、ズシン。その音はどんどん大きく、近寄ってくる。

（？　なんだ？　何か……）

荷物を背負ったとき、おかしな感覚を覚えた。

洞窟の鳴動が、一定間隔ではない。

「一匹じゃない。マズい。挟まれます。しかもこいつは――」

「お、おい、あれ……」

ドナが震える指で示した先。


洞窟の曲がり角から、三メートルはあろうかという巨人が姿を現した。

岩のような皮膚に、大きな単眼。手には体格にぴったりの太い棍棒(こんぼう)を握り締めている。

「ロウ・サイクロプス。さっき僕が言った、厄介な魔物とはこいつらです」

それが二匹。

同時に現れるなんて運が悪いどころの話ではなかった。しかも左右の通路からそれぞれこちらへ向かっていて、完全に挟まれるかたちだ。

「どどどういうことだよコレはぁ！」

「静かに。魔物除けの結界があるのでまだ気づかれていません。すぐに残る通路へ向かって走れば逃げられますよ」

その目論見は、はかなく消えるどころか無残にも踏みにじられた。


ドシン、ドシン、と。

残る最後の通路からも、ひとつ目の巨人が歩いてきた。

「冗談じゃねえぞ……。全員集合しちまったってのかよ……」

三つの通路それぞれから、三体の巨人はほぼ同じ距離、速度で向かってくる。

気づかれたら最後、全員が無事脱出するのは不可能だと、冒険者三人は恐怖した。

バネッサが、ドナの肩をがしっとつかんだ。

「貴様は行け。固有スキルを使えば、貴様だけなら――」

「なっ⁉　ちょ、待ってくださいよ。仲間を置いて逃げろってんですか⁉」

「そうだ。残念ながら王命は果たせそうにない。しかし誰かが報告する必要がある。どうやら私の固有スキルのせいらしいからな。理由はさっぱりわからないが……。それからピエール、貴様にも迷惑をかけるな。すまん」

バネッサが頭を下げると、ピエールは震えながら「構いません！」と涙で応じた。

ドナも強面を涙と鼻水で濡らしている。

「理由は簡単ですよ。この階層で一番経験値が稼げるのがあの魔物ですからね。一度に集合したなら効率がいい。貴方たちは『望んではいない』けど、これも見方によっては『幸運』と言えます」

「そんな屁理屈が……」

「通用するのが、その固有スキルの嫌なところでもあり、使えるところでもあるんです」

「オマエなあ、なに隊長をへこませてんだよ？　空気読めよぉ」

「すみません、そういうの苦手で」

リオは言いながら、担いだ荷物を再び下ろした。

「申し訳ついでに言いますけど、僕は誰も死なせるつもりはありません」

えっ？　と三人が声を合わせる。

「策はあります。全員が無事、あいつらから逃げるためのね」

荷物を漁り、二本の棒を引っ張り出した。松明だ――。

◆

ダリタロスに限らず、大小さまざまあるダンジョン内部は発光する壁面によって視界が保たれている。

ただし中には『暗闇』がトラップになっているところもあり、そういった場面では松明が活躍する。

荷物を事前に改めてはいなかったが、リオはバネッサに回復薬を渡す際、松明が入っているのを確認していた。

「松明なんてどうすんだよぉ⁉」

「だから静かにしてください。ロウ・サイクロプスは火を嫌うんです」

「なんだよ、そんな弱点があるなら早く言えよ」

「だったら僕のファイヤーボールで倒せるのでは？」

「いや待て。さっき彼は『我らの攻撃は通らない』と言っていたぞ？」

注目されてリオが応じる。

「嫌うのであって『弱点』ではないです。もし貴方が嫌いなものを投げつけられたら、どう思いますか？」

「そりゃオマエ……ムカつくわな」

「哀しいと同時に、怒りが湧きますね」

「うん、腹が立つ」

「そうですね。だから効きもしない火炎系魔法を浴びせたら、真っ先に狙われます」

「「言い方」」

リオのずばりの物言いに、魔法使いのピエールがどんよりしてしまう。

「すみません……。えっと、つまりですね――」

リオは松明をひとつずつ、バネッサとピエールに手渡す。

「僕は魔物除けの結界を飛び出して、来た道にいるロウ・サイクロプスへ向かいます。二人は松明に火をつけて僕を追い越してください。火を掲げながら、なるべく魔物から離れた壁際を走るんです。魔物と目を合わせてはダメです。脇目も振らず、全力でお願いします」

そうすればロウ・サイクロプスは二人ではなく、リオを狙う。

今度はドナに向き直った。

「貴方は二人が飛び出してから、ひと呼吸おいて結界を出てください。それから――」

「それから？」

ドナはぐぐっと前のめりになる。

「全力で逃げてください」

「それ他の二人と同じじゃね？　てかオレ松明持ってねえじゃん！」

「貴方は固有スキルを使って逃げるんです」

「もっと具体的に！」

「スキルの説明、読んでないんですか？」

「いやその、どうせ逃げ足が速くなる程度だと思って……」

ドナは居心地悪そうに頭をかく。

「時間が惜しいので細かい説明は省きます。目的は攪乱です。魔物たちの攻撃から逃げて逃げて逃げまくる、と強く意識してください」

「そ、それだけ……？」

「はい。そして二人の姿が完全に見えなくなったら、今度は『この場から逃げる』に切り替えるんです。そうすれば、あっという間に二人に追い付けますから」

「いやいやいや、ただ『逃げる』って思うだけで逃げられたら苦労は――」

「ない、ですよ？　貴方の固有スキルは、そういった性質のものですから」

ドナはぽかんとする。

「スキル名が後ろ向きなので嫌う人はいますけど、性能は破格です。使いこなせない人はスキルの効果を信用していないいんですよ。最大限発揮できれば、この階層にいる程度の魔物なら貴方に攻撃を当てられはしません」

「そう、なのか……？」

「ええ。ただスキル発動中は逃げる以外できません。反撃を考えた時点でスキル効果がなくなりますから注意してください」

「やっぱダメスキルなんじゃね？」

リオはふるふると首を横に振る。

「どれだけ強いパーティーでも全滅するときはします。でも貴方のスキルなら自ら囮（おとり）になって仲間を逃がし、そして自らも逃げ出せる。全滅の危機を、最高の形で回避できる可能性を秘めているんです」

「お、おぅ……」

ドナの強面がほんのり赤くなる。

「もちろん時と場合によりますし、このスキルは本人のステータスに影響されますから、今のままだと限界がありますけどね」

「なんでオマエは上げて落とすかなぁ」

すみません、と反省して、リオは告げる。

「そろそろ気づかれますね。荷物はここに置いていきます。僕と一緒につぶされてしまうかもしれませんから。でも安心してください。必ず後で届けます」

「この期に及んで荷物の心配なんてしねえよ」

「それでは皆さん、はりきって逃げましょう」

リオは腰に手を当てる。半分お飾りの、小ぶりの剣。なんの特殊効果もない、彼の実力では護身用にもならないものだ。

腰から抜きはしない。

どうせダメージは与えられないのだから、振るう意味などない。

(早く、レベルアップしたいな)

そして強くなりたかった。

そのチャンスが、今巡ってきている。

だがすぐに、【女神の懐抱】を発動する事態になってはならない。

三人がこの窮地を脱するまで、自身もなるべく長く動ける状態を維持しなければ。

地面を蹴って飛び出す。

逃走路を歩くひとつ目巨人の前に躍り出た。ぎょろりと目玉がリオに向く。

『オオオォオォォオウッ!』

敵認定してくれたらしい。

「今です!」

叫ぶや、魔法使いが火を生み出して松明を灯した。すぐさまバネッサとともに結界の外へ。

「まっすぐ前を見て走ってください！」

その声に反応したのはドナだった。

「やってやらぁ！」

リオたちとは反対方向に飛び出し、他の二匹の中間で立ち止まった。

ぎょろり、ぎょろり。

別方向から二つの目玉が、彼を捉えた。

「で、でけぇ……」

近くで見上げると、その大きさがよくわかる。足が、竦（すく）んで動かない。

「恐れないで！　走れ！」

リオの叫びが三人に届く。

（そうだ。我ら二人は一刻も早くこの場を離脱する。そのぶん彼らに時間の余裕ができる）

（怖い……怖いよ、怖いけど……とっとと逃げれば怖くない！）

離脱組の速度が上がった。言われた通り壁際を走る。

（オレがやられちまったら、隊長たちがヤバいんだ。逃げろ、逃げろ、逃げろ逃げろ逃げまくれ！

今のオレには、それしかできねえんだからよぉ！）

ドナは奥歯をがりっと嚙みしめ、腰を落とした。

「いっ、くぜぇっ！」

思いきり地を蹴った。このとき彼の耳には、【恐怖耐性】のスキル習得のアナウンスが届いていた。しかしまるで気づいていない。

(嘘だろ……。なんだよ、これ……)

体が、羽のように軽い。そう思えるほどに、信じられないスピードで洞窟を駆けていた。

意図せず横に飛ぶ。

ドゴォンと、さっきまで自分がいたところで重い音がした。

避けるつもりなど毛頭なかった。攻撃されたことすら、気づかなかったのだ。

(余計なことは考えねえ。あいつは言ったじゃねえか、この階層程度の魔物じゃ、オレに攻撃は当てられねえってなあ!)

今日初めて会った、万年レベル1の荷物持ち。

しかしリオの言葉には信じさせる何かがあった。


どれほどの死線を潜り、どれだけの恐怖に打ち勝ってきたのか。


ドナとて自国で何度となく実戦に駆り出された。

人同士の小競り合いとはいえ、命のやり取り特有の緊張感と恐ろしさは肌身に染みている。

(でも、あいつはそんなレベルじゃねえ化け物どもに……)

何度も何度も殺されかけた。いくら死なないとわかっていても、痛みは確実に心を蝕む。

（オレにゃあ無理だ……）

きっと数回で心がぽっきり折れて、剣を握れなくなってしまう。

なのになぜ、十四歳の少年はいまだ冒険を続けているのか？

リオは諦めていないのだろう。

自分たちとは違い、この島を攻略する夢を持ち続けているのだ。

島を攻略すれば、どんな願いでもひとつ叶えられる。

眉唾と鼻で笑っていたものの、この島に入って不思議な出来事をいくつも経験して、俄然信憑性が増してきた。

では、幾度も死にかけてまで叶えたい願いとは？

（わかんねえ。オレにはさっぱりだぜ……）

同時に、もったいないと思った。

絶対死なない究極スキルを持ちながら、万年レベル１でいる少年。

レベル２に上がるまで一億もの経験値が必要だなんて、島に来たばかりのドナでも途方もない数字だとわかった。

（神様ってのは、酷なことをしやがる）

いつしか思考が、リオのことで埋められていく。

「集中してください！」

ドン、と何かに突き飛ばされた。

死んだ、と思ったのは一瞬。

ぶおんと巨大な棍棒が頭上を掠めた。

「立ってください。すぐに次が来ます」

言いつつリオは立ち上がり、すぐさま横に飛んだ。

ドナも合わせて逆方向に飛ぶ。

二人がいた地面は、棍棒により穿たれた。

（こいつ、ボロボロじゃねえか）

露出した顔や引き裂かれた衣服からは、ところどころ血が流れている。

動けるほどの傷なら全回復のスキルは発動しないらしい。

二人、それぞれの役割に戻る。

レベル1のリオがその程度で済んでいるのは奇跡と言えた。限界ギリギリで耐え抜いた彼に気遣われ、あまつさえ助けられる無様。

だが自身の恥辱など、どうでもよかった。

（これ以上、こいつに迷惑はかけらんねえ）

バネッサとピエールの姿は見えない。だから自分がやるべきは――。

「先に行く。ぜってえ戻って来いよ！」

涙がにじんで視界が悪い。
けれどただ『逃げる』との一念があれば、まったく気にはならなかった。
だってリオは言ったのだ。『このスキルは破格』だ、と――。

もう少し。もう少しだけ耐えれば、剣士はこの場を離脱できる。
リオは集中力をさらに高めた。
正直、ここまで【女神の懐抱】が発動しなかったのは自分でも信じられない。
一撃が即死級。
それを肌感覚で察知する。(【危機察知】Lv5)
危険を感じると同時に回避。(【緊急回避】Lv3)
これらを集中力で補完する。(【集中】Lv6)
そしてかつて託された力――【鑑識眼】で魔物のステータスを見据えた。
絶対に、彼らを逃がす。
リオには強い想いがあった。

――どれだけ強いパーティーでも全滅するときはします。

それはリオの実体験だ。

半年ほど前、新進気鋭の冒険者パーティーに雇われたときのこと。

若いが実力は確かな彼らは、最難関と恐れられる『密林迷宮』の奥深くで魔物に囲まれ、全滅した。

そのとき瀕死のリーダーから受け取ったのが、【鑑識眼】のスキル・ブックだ。

遺品と荷物を持って、ようやくダンジョンから出られたのは二週間後。

あのときの形容しがたい喪失感と無力感は、今でもリオの心に影を落としている。


——自分がもっと強ければ。


不自由極まりない女神を救いたい一心で『死』を何度も乗り越えてきた彼は、今では別の理由でもレベルアップを切望していた。

「ぐ、ぅぅ……」

壁を抉(えぐ)る攻撃により、飛び散った破片が肌を刺す。

HPは残り三分の一まで削られた。体力のステータスは二桁にまで落ち、筋力も疲労で半減している。

ここでようやく、剣士の姿が視界から消えた。

もう、耐える必要はない。ぷつんとリオの中で何かが切れたその直後。

ゴキッと体の内側から嫌な音がした。

硬く巨大な足がリオの身体にめりこむ。蹴飛ばされ、小石のように吹っ飛び、

「ぐはぁっ！　…………ぁ」

壁に背中を激しく打ちつけた。即死級の攻撃を受けた彼はしかし、歓喜に打ち震える。

――固有スキル【女神の懐抱】が発動しました。

ついに、そのときが来たからだ。

――経験値１２５００を獲得しました。

リオは初めて、次なるアナウンスを聞く。

――レベルが上がりました。

全身が総毛立った。一流の冒険者でも一生をかけてようやく届く経験値一億の壁を、ついに突破したのだ。

これまでの苦労が走馬灯のように現れては消えていく。

何度も何度も死にかけた。自分以外が死にゆく様に、無力さに押しつぶされた。経験値一億と聞いて誰もが哀れみ、中には蔑む者もいた。

悔しさを糧に挑み続けた二年間。ようやくここまでたどり着いたのだ。

ところが、それだけではなかった。


――レベルが上がりました。

(ん?)

――レベルが上がりました。

(おや?)

――レベルが上がりました。

(あれぇ?)

耳がおかしくなったかと疑うほど、同じ言葉が同じ声で繰り返され――。

――リオのレベルは、一気に12まで跳ね上がった。

◆

ずりずりと壁から落ちる。

魔物は捕食を目的としない。倒したと判断した相手からはすぐ興味を失くして去っていく。

ズシンズシンと地面の揺れは遠くなり、静寂が訪れた。

リオはしばらくぼんやりする。

絶望的だと思われた、経験値一億の壁を突破した。

待ちに待ったレベルアップに小躍りして叫びたい衝動があるにはある。

せっかく遠ざかっていくひとつ目巨人が舞い戻ってくる危険を考える冷静さはあるものの、それよりなにより。


「レベルが一気に、12まで上がった……？」


その事実にただただ驚いていた。

もしかしたら、レベル３に上がるにも経験値が一億必要なのかと危惧したこともある。

しかし彼は知っていた。あの女神のずぼらな性格を。

だからきっと、レベル３以降を彼女はまったく考えておらず、通常通りの数値になると信じていたのだ。

ゆえに大量の経験値を獲得して、一気にレベルがいくつも上がるのは当然だ。

ところが、である。

リオは頭の中で計算する。

先ほど獲得した経験値は12500だ。レベル2までに必要だった分を引き、以降、一般的なレベルアップの経験値数を照らし合わせる。

（8……いっても9がせいぜいだよね？）

仮にレベル9だとして、レベル12までには一万五千ほどの経験値が要る。

もちろん個人差はあるが、それにしても乖離が著しい。

（次のレベルまでに必要な経験値が、ふつうの人の半分くらいに減っている、かな？）

リオの計算上では、それで辻褄が合う。だが『今の時点で』との条件付きなので、確証とまでは言えなかった。

（……今は置いておこう。ひとまずステータスの確認だよね）

念じてステータス画面を開いてみれば。

＝＝＝＝＝＝＝＝＝＝＝

HP　：290／290
MP　：　50／　50
STR：141／273
VIT：157／290
INT：104／223
MAG：　65／147

ＡＧＩ：１２６／２８８
ＤＥＸ：１０３／２１５
＝＝＝＝＝＝＝＝＝＝＝＝

上の値が今のリオのステータス値。最大まで鍛えていたので、これはレベル１でのレベル内ＭＡＸ値だ。

下の値はレベル12におけるレベル内ＭＡＸ値。鍛えればここまで上げられる。

一般的に、レベルが１上がるとＨＰとＭＰ以外の各ステータスのレベル内ＭＡＸ値は10前後上がる。だから11レベル分一気に上がると、およそ１１０前後の伸びが期待できる。

（筋力(STR)と体力(VIT)の伸びがいいな。もともと高かったけど）

目を見張ったのは俊敏(AGI)だ。一気に１６２も増えていた。

ただし残念な項目もある。

（魔力(MAG)が低い。それに――）

レベルアップして、密かにリオが期待していたこと。

（魔法、覚えなかったな……）

魔法は通常スキルに現れる。

しかし他の通常スキルのように『やって覚える』ものではない。スキルに現れなければそもそも使えないからだ。

魔法系スキルはレベルアップとともに習得される（スキル欄に現れる）性質のものだった。どの時点で習得するかは才能によりけり。魔法の才能に優れた者なら、レベル2の時点で複数もあり得る。

ところがリオは、レベルが12に上がってなお、ひとつも覚えなかったのだ。

（まあ、これぱかりは才能だ。もともと魔力は低かったから、こういうものなんだろう）

リオは気持ちを切り替えた。

大目標であるレベル2を突破し、しかも一気に12まで跳ね上がった。

これ以上の成果を望むのは傲慢だ。

ステータス値の伸び具合で自分の特性傾向がある程度わかったのも収穫だった。

ここからは、自身の戦闘スタイルを決めなければならない。

これまでのようにただ殺されかけて経験値を稼ぐのではない。

もちろんそれを活用しもするが、多くの冒険者がそうであるように『戦って勝つ』ことを覚えなければならないのだ。

七大ダンジョンの攻略には、それぞれの奥底で待ち構えるダンジョンボスを倒さなければならないのだから――。

（まず魔法は頭から捨てる。回復系はもともと必要ないし。攻撃は物理に特化だね）

魔法しか効かない相手は専用アイテムか魔法効果のある武具でカバーすればいい。

（器用(DEX)さが平均的だから、中長距離用の武器は避けたほうがいいかな）

弓や投擲(とうてき)武具の命中率は器用さに直結する。ここが優れていないと無駄な攻撃を繰り返す羽目になる。

複雑な操作が必要な武具も除外。

であれば近接戦闘を基本スタイルにするのがベストだろう。

とはいえ。

（剣に槍(やり)、斧(おの)、槌(つち)……けっこう種類がいっぱいあるんだよね）

いっそ筋力や体力に任せて肉弾戦を仕掛ける戦い方にしてしまおうか？

武器の扱いにも器用さは影響する。端から武器を使わなければ器用さがそう高くなくても問題ないのだ。

ただ肉弾戦主体だと、武器主体よりも攻撃力が劣ってしまうのが難点だった。

あれこれ試してすべてのスキルレベルが平均以下、という事態は避けたい。『これだ！』とひとつに決めて、集中してスキルレベルを上げたかった。

（む、難しい……）

リオが悩むのには理由がある。

今まで多くの冒険者パーティーに随行し、たくさん『一流の技』を目の当たりにしてきた。

真の一流は動きが洗練され、まるで舞い踊るように戦っていたのだ。

毎回、その美しさに目を奪われた。彼らの姿が目に焼き付いて離れない。

手本となるのが一人なら、迷わずそれを選んだろう。しかし彼らはそれぞれ多種多様な武具を使いこなしていた。

どれもこれもがカッコよかったのだ。

（母さんの戦いぶりを見られたらよかったんだけどな……）

解けない呪いに体を蝕まれた母には無理なお願いだ。

顔にこそ出さず明るく生活していたが、そんな母に無邪気に頼めることではないと、幼いながらリオも理解していた。

リオの母は剣士だった。厳密には魔法も操る魔法剣士だ。

だからといって、母のような剣士になりたい、との強い想いはない。

それでも腰に短めの剣を差しているのは、ただ取り回しがよいとの理由だけではなかった。憧れてはいるのだ。

（いちおう【剣術】はレベル2になっているし、やっぱりこれかなあ？）

そういえば、とリオは思い出す。

（母さん、双剣使いだったっけ）

伝え聞く話によれば、であるので彼は実際に見たことはない。

（器用さが平均的な僕じゃ、剣を二つも同時に操るなんて無理だな）

目指すだけ無駄だ。

（でも、カッコよさそう……）

そこは十四歳の少年。諦めきれない部分もあった。

帰ってゆっくり考えよう。そう決めて、立ち上がる。

「そろそろこの場を離れないとね」

ロウ・サイクロプスは去ったが、他の魔物が寄ってこないとも限らない。

リオは大荷物のところに戻ると背に担いだ。

「せっかくだから、鍛えながら帰ろう」

リオは駆け出した。迷宮の出口まで走り込みをするつもりだ。

魔物に遭遇したら極力逃げる。

今は自身を鍛えるより荷物を無事届けるのが最優先だからだ。

油断はしていないつもりだった。

しかしどこか気が緩んでいたのだ。

「な、んで……？」

しばらく走った曲がり角。

そこに――。


『オオォォウ……』

ぎょろりとひとつ目を動かす、ロウ・サイクロプスが立っていた。

（さっきの奴だ。待ち伏せていたのか？）

いや、こちらに気づいていたならそんな遠回りなことはせず、走って向かってくるはずだ。

たまたま。偶然。

ここで立ち尽くしていたのに出くわした。

『オオォォオウッ！』

見つかった。

一人きりの現状、一対一でも逃げられる自信がない。レベルが大幅に上がっても、まだステータスはレベル1のときのままなのだから。

（ともかく荷物を守らないと）

最優先はそれ。リオは慌てて荷物をその場に落とし、すぐさま離れようとした。

しかし――。

（ダメだ。向こうのが速い！）

巨大な棍棒が、荷物ともどもリオを吹っ飛ばそうと――。

「一刀（いっとう）――」

女の子の声がした。

「七閃（しちせん）！」

まばゆいばかりの光がいくつも散る。

次の瞬間には、ひとつ目の巨人がバラバラになって地に落ちた。

リオの目の前を疾風のように通り過ぎ、おそらく巨人を倒した誰か。

背を向けた格好でうずくまり、手にした細身の剣を腰に戻した。チン、と涼やかな音が鳴る。

（あれは……刀か）

片刃で細く反りのある、珍しい剣だ。使いこなすには高い技術が要求される。

（やっぱり、女の子だ……）

すっと立ち上がった体軀（たいく）はリオよりも低い。後ろ姿からも華奢（きゃしゃ）だとすぐわかった。

黒く長い髪を後ろでひとつに束ねた彼女が、それを揺らしながら振り向いた。

（――ッ⁉　母さん？）

どういうわけか、母の姿が重なった。でもそれは一瞬で、やはりどこからどう見てもリオより年下の、女の子だった。

「お怪我はありませんか？」

心配そうに見つめる愛らしい顔立ちは、リオの記憶にないものだ。

けれど母と重なる面影は紛れもなく――。

（ミレイ……）

リオは心の中で、生き別れた妹の名をつぶやいた――。

◆

「お怪我はありませんか？」

心配そうにリオを見る黒髪の少女は、ハッとして駆け寄った。

「血っ！　血が出てますよ！　大丈夫ですか？　痛くないですか？　わたし回復魔法が使えるのですぐに――」

「これはもう治っているよ。自分で治療したあと、血を拭かずに放っておいたんだ」

「へ？　あ、そうですか。よかったぁ～」

一瞬だけきょとんとした少女は、心底ホッとしたように安堵の笑みを浮かべた。

ここに至って気づく。

彼女の首筋に、小さな『☆』の紋様がひとつ、あることを。

それは名誉の証。

七大ダンジョンのうちどれかを、彼女はすでに攻略しているのだ。

「君、ミレイ・ドラグナ、だよね？」

えっ？　と少女は目をぱちくりさせる。

「わたしのこと、知ってるんですか？」

やはりそうか、とリオはため息を飲みこむ。

「君を知らない人は、この島にはいないんじゃないかな。リーヴァ・ニーベルクの再来、『幼竜姫』ミレイ・ドラグナは有名人じゃないか」

「そそそんな！　おか――じゃなかった、伝説の魔法剣士さんと比べたら、わたしなんてとてもとても……」

少女――ミレイは忙しく首を横に振り、ポニーテールをぶおんぶおんと振り回す。

ミレイ・ドラグナの名が世に広まり始めたのは半年前。

現在最強の冒険者集団に、十一歳の子どもが入団したとの報がきっかけだ。

その子は急成長を遂げ、たった半年でレベル30に到達した。しかも卓越した剣技と多彩な魔法を駆使する、まさに〝天才〟と称するに値する少女だった。

それもそのはず。

彼女が授かった固有スキルは【進化極致】。

あらゆる面で急激に成長する、というシンプルながら極めて強力なスキルだった。レベルアップに必要な経験値は通常の半分。スキルレベルも同様で、驚くべきは成長に際限がない。レベル上限の１００、スキルレベル上限の10をも超えてしまえるのだ。

伝説の魔法剣士リーヴァ・ニーベルクが所持していたスキルであることから、いつしか人はミレイをその再来、あるいは最強種ドラゴンの化身――その幼さも合わせて『幼竜姫』と呼んでいた。

リオは努めて淡々と頭を下げる。

「危ないところを助けてくれてありがとう。荷物がつぶされるとこだったよ」

「いえいえ――ってそこ真っ先に心配します⁉」

ミレイは「失礼しました」と、こほんと咳払い。

「ともかくです。お礼ならあなたを雇った三人組の冒険者さんたちに言ってください。上の階でわたしたちと偶然出会いまして、『仲間を助けてくれー』って。よくよく聞けばポーターのあなたが窮地に陥っているとか。なのでわたし、がんばって走りました」

リオの頭にバネッサの顔が浮かんだ。

今回は『望んだ幸運』が手に入ったらしい。一方で帰り道は大丈夫だろうかと心配になる。

「ん？　わたし『たち』？」

「ああ、わたし先輩と一緒だったんですけど……置いて来ちゃいましたね。ていうか、たぶん来る気なかったと思います。根はいいひとだと思うんですけど、薄情なところがあるんですよね。わたしにもよく意地悪言うし」

「ふつう、なんの対価もなく人助けなんてしないだろうね」

「ふつう、人助けに対価なんて求めないものですよ。おじいちゃんとおばあちゃんも言ってました」

キラキラ光る瞳は実に澄み渡っている。

「優しいお爺(じい)さんとお婆(ばあ)さんなんだね」

リオに祖父母はいない。実在はしているだろうがどこの誰とも知らなかった。

どうやら彼女は妹ではなく、別人のようだ、と思ったのも束の間。

「はい！　血のつながらないわたしを、大切に育ててくれました」

「そう、なんだ」

リオは女神に引き取られたあと、妹のミレイがどこでどう暮らしているか知らない。

目の前の女の子が妹かどうか、いまだ確証が持てないでいた。

訊きたい衝動もあるが、仮に妹だった場合、下手に突っ込んだ話をすればボロが出てしまいそうだ。

今さら兄だと名乗り出る気はないし、そもそも彼には許されていない。

どうすべきか悩んでいると、ミレイはお構いなしでしゃべりまくる。

「なんでも、すごくきれいな女の人が現れて、『これは自分の子ではないけど育ててほしい。自分の子ではないけど！』って一方的に三歳のわたしを押しつけたそうです」

女神の権能とは？

「あまりにその人が哀れだったので、事情を訊かずにわたしを引き取ってくれたそうです」

女神の威厳とは？

（もうこれ、完全に確定だよね？）

状況証拠がそろった以上、目の前の女の子は妹のミレイで間違いない。

（まさか、本当にミレイ・ドラグナが妹のミレイだったとは……）

噂を聞き、もしかしたらと考えて、リオはあえて彼女が所属する団に接触するのは避けてきた。

それがこういった偶然で再会するとは思いもよらなかった。

「きっとそのきれいな女の人、狙い打ちしたんでしょうね。おじいちゃんもおばあちゃんもすごく優しい人だから。でもわたしはラッキーでした。いい人たちに育てられて」

屈託のない笑みで、これまで幸せに暮らしていたことが窺えた。

それは本当に、リオが心から安堵した事実だったが。

「なら、どうして冒険者になんてなったの？　死ぬかもしれないのに」

きっとこれは、嫌な言い方だ。

だというのにミレイは、にぱっと笑った。

「冒険者って、がんばればすごくお金が儲かるんです。それですこしでも恩返しがしたかったんですよ」

「なるほど」

「はっ⁉　忘れるところでした！」

大きな声を出すや、ミレイはさきほどロウ・サイクロプスがいたところに駆けた。腰を屈めてドロップしたお金を拾うと、ほぅっと幸せそうに息を吐き出し、再びリオのもとへ。

そして何事もなかったかのように話し出す。

「それから、もちろんわたしにも叶えたい願いがあって――」

ミレイがもじもじし始めた、そのとき。


「うぉ～い、ミレイ。どこにいんだ～？」


獣の唸(うな)りじみた声が洞窟内に響いた。

声に目をやれば、のしのしと歩く人ならざる姿。

頭は狼(おおかみ)のそれ。狼人族(ワーウルフ)の男だった。

青黒い毛並みで引き締まった筋肉質の、がっしりした体つき。背も高く、リオの身長ほどもある長剣を背に負っていた。

そして大きく開いたシャツから覗(のぞ)く鍛えられた左の胸には、『☆』の印が三つある。

「あっ、ガルフさん、遅いじゃないですか！」

ミレイが頬をぷくぅと膨らませる。

「あん？　テメエがとっとと行っちまったんだろうがよ」

ガルフはつまらなそうにのしのしと歩み寄ってくる。

「で？　そいつか、置き去りにされた荷物持ちってのは。んだよ、生きてんじゃねえか」

「残念そうに言わないでください！」

「はん、弱い奴が死ぬのはダンジョン（ここ）の摂理だ。いちいち気にしてられっかよ。つーわけで、せっかく助けたのに残念だったな。そいつはここに置いて――ん？」

ガルフはリオに歩み寄ると、鼻がくっつくほど顔を近づけ瞳を覗く。

「黒髪に黒い目、ガキンチョの荷物持ち、か。テメエが例の『死なない便利な荷物持ち』かよ？」

えっ？　となぜだか驚いたミレイを一瞥（いちべつ）し、リオはガルフへ視線を返した。

「その呼び名を直接僕に言う人はいませんけど、たぶんそうです」

「うわはははははっ！」

ガルフは腹を抱えて笑い出した。

「あいつらバッカじゃねえの？　殺しても死なねえ奴を『助けてくれ』だとよ」

「――ッ！」

何か言いたげなミレイをリオは手で制する。

「たしかに僕は死にませんけど、痛い思いをしなくて済んだので彼女には感謝しています。荷物も無事でしたし」

ぱっと笑みを咲かせたミレイとは対照的に、ガルフは目をすがめた。

「ほぉ～ん。じゃあよ、ホントに死なねえのか、ちょっくら試させてくれや」

背中の長剣に手を伸ばした、その直後。

「ガルフさん、そういう冗談、わたし嫌いです」

チャキッと、親指で刀の鍔（つば）を押し出した。もう一方の手を柄に被せる。

先ほどまでの愛らしさは消え去り、ミレイは眼光鋭くガルフを睨む。

「テメエごときがオレに敵うと思ってんのか？」

「その人が逃げる時間くらいは稼ぎます。がんばります」

互いに得物を握る一歩手前。一触即発の雰囲気の中、

（ミレイがやったのって、『鯉口（こいぐち）を切る』ってやつだっけ？）

リオはどうでもいいことを考えていた。

とはいえ妹のピンチだ。

ガルフはレベル60を超えた強者で、仲間内のようなので殺し合いにはならないだろうが、ミレイがケガする事態は絶対に避けたい。

リオは大荷物を下ろし、

「僕はべつに構いませんよ。ただ痛いのはやっぱり嫌なので、試すなら一回だけにしてください」

さあ来いとばかりに立ち尽くした――。

◆

戦闘態勢のミレイを気にしつつも、ガルフはリオを睨み据えた。

リオはやる気なしの完全無防備状態で立ち尽くしている。

「……つまんねえ。もっと気の利いたこと言いやがれってんだ」

ガルフは剣に回した手をだらりと下げる。

「万年レベル1を斬ったところで毛ほどの経験値も手に入んねえ。剣が錆(さ)びちまうだけだぜ」

「錆びちゃうのはふだんからきちんと手入れしないからですよ」

「うっせえぞミレイ！　ったく、無駄な時間食っちまったぜ」

こきこきと首を鳴らしつつ、ガルフは舌打ちする。

（こいつ……オレの睨みに腰を抜かすどころか眉ひとつ動かさねえとはな）

レベル差は圧倒的。だというのに高レベルの【威嚇】を持つ自身の眼力がまるで効かず、ガルフは苛立っていた。

「おらミレイ、とっとと行くぞ。団長にどやされてもテメエのせいにすっからな」

リオから離れ、すたすたと洞窟の奥へと歩く。

「ちょ、ガルフさん！　謝ってくださいよ！」

「僕は気にしてないよ」

「でも……むぅ、あなたがそう言うなら、いいですけど……」

「帰りの心配も無用だよ。一人でもダンジョンから出るくらいはできるから」

「……わかりました。道中くれぐれも気をつけてくださいね」

ミレイは申し訳なさそうに眉尻を下げ、ぺこりとお辞儀して踵(きびす)を返そうとして――リオに向き直った。

「あの、あなたって、リオさん、ですよね？」

リオは冒険者ギルドを通じて『必ず荷物を持って帰る荷物持ち』と大々的に宣伝していた。強い冒険者パーティーが安心してレベル1のリオに荷物を任せられるように。

だから彼女が知っていても不思議はない。

「うん、そうだよ」

正直に答えた。

彼女は自分に兄がいることも、その名が『リオ』だとも知らないはずだ。あの女神がうっかり話していなければ。

「リオ……、リオ。うん、いいお名前ですね」

ミレイは花咲くような笑みを浮かべるも、一転して困ったような顔をして。

「あの……あのですね、わたし――」

一度きゅっと唇を引き結び、黒い瞳に強く輝きをたたえて言った。

「兄がいるんです。二つ年上の、兄が」

心臓が跳ねる。しかしリオは表情に出すのは耐えきった。

「リオさんって、おいくつですか？」

わずかな逡巡のち、リオはきっぱり答える。

「十四歳だよ」

「っ⁉　わたしの二つ上……。髪と瞳も、わたしと同じ黒。もしかしてリオさんって――」

「残念だけど、僕は君のお兄さんじゃない。その人の情報も持っていない。二年前にこの島に来た新参だからね」

「えっ……？　島外の人、だったんですか？」

リオは女神の住まいを出てから、『島外から来た』と自身の素性を偽っていた。

姓もないただの『リオ』。『ニーベルク』姓を捨てたのは、ただでさえ有名すぎるのに加え、仮にミレイが自身の出自を知った場合、兄だと知られるのを危惧したからだ。

「この二年でいろんな冒険者に会ったけど黒髪で黒い瞳なんてそれほど珍しくない。十四歳に限定しても、冒険者以外にもこの島にはたくさん人が住んでいるし、探すのは難しいんじゃないかな？」

ミレイはしょんぼりと肩を落とす。しかしすぐさま背筋を伸ばし、

「いいえ、諦めません！　わたし、どうしても兄に会いたいんです！　だから冒険者になって、女神さまに会って――」

なるほど、兄の居所を質すのが彼女の願いか、と考えたのはちょっと違っていた。

「女神さまからお兄ちゃんを取り戻すんです！」

んん～？　とリオはかくんと首を横に傾けた。

「ここだけのお話ですけど、お兄ちゃん、女神さまに連れ去られたんですよ」

「いや、それは……そうなの？」

興奮しているのか、いつしか『兄』を『お兄ちゃん』と呼んでいるミレイは止まらない。

「はい。神隠し？　ってやつですか？　だからお兄ちゃんがどこにいるか、絶対に知ってるはずです！」

知っているとは思う。今だってたぶん、見ているだろうから。

「もしくは今ごろ逃げ出して、この島のどこかにいるんじゃないかって思ってます。でも女神さまなら場所くらいすぐわかりますよね？」

だいたい合ってた。逃げたわけではないが。

ただ話の流れで、どうしても引っかかった。

いったいどこの誰が、彼女に兄がいると告げ、女神と一緒にいると教えたのだろう？

思い当たるのは一人しかいない。いや一柱（ひとはしら）と言うべきか。

しかし女神がわざわざミレイに教える理由がさっぱりわからなかった。

「そんなわけでして、些細（ささい）な情報でも得られましたら、わたしにご連絡ください。もちろん報酬は弾みます！」

キリリとしたミレイは最後も無邪気な笑みを咲かせ、

「それではリオさん、またどこかでお会いしましょう！」

大きく手を振って、現れたときと同じく疾風のように走り去った。

(なんだか、妙なことになったな)

リオは大荷物を担ぐ。

妹と再会できて嬉しかった。

兄の存在を知っていたのは不可解だが、兄に会いたいとの彼女の言葉も心躍った。

けれどリオは、ミレイに兄だと告白する自由を許されていない。

それが妹の命を救うため、女神と交わした契約だから——。


上階への階段まで走ると、見知った三人組が待ち構えていた。リオを雇った冒険者たちだ。

リオを見つけるや、そろってものすごい勢いで駆けてくる。

「うおおぉぉっ！　テメエよく生きてたなあこの野郎！」

「僕たちを逃がすために、あんな危険なところに残って……」

「よくぞ無事でいてくれた！　本当に、よく……」

抱き着かれ、もみくちゃにされる。主には剣士のドナだ。顔に似合わず涙もろいな、と口から出そうになったところをぎゅぅっと抱きしめられてふさがれてしまう。

なんとか三人を引き剝がし、落ち着かせる。

「僕は死にませんから、大丈夫ですよ」

「だからってイテエもんはイテエだろうがよ！」

「あんな大きな棍棒ですよ⁉」

「全身すりつぶされては生きている保証があるとは思えない！」

まったく落ち着いていなかった。

「ともかくありがとうございました。助けが来たので難を逃れました。荷物も無事です」

「また荷物の心配してやがる」とドナは呆れ顔。

「そうか。彼らに頼んで正解だったな。年端もいかぬ少女はさておき、ワーウルフの男は強そうだったものな」

その女の子はロウ・サイクロプスを瞬殺し、ワーウルフは助けるどころか因縁をつけてきた、とは後で話そう。

「皆さんはこれからどうしますか？　上の階層ならレベル上げに最適だと思いますけど」

「先ほど三人で話し合い、君と合流できたら町に戻ることに決めたよ。それから――」

バネッサは申し訳なさそうに言う。

「そこで君との契約は解除させてもらいたい」

彼らとは一週間で契約している。『状況により随時延長』との付帯条件付きだ。

「我らは認識の甘さを痛感した。この島を舐めていたと言われても反論できない。だからまずは自身を鍛え、実力に見合ったダンジョンでレベルアップを計ろうと思う」

「僕は構いませんよ。そのほうがいいと思いますし」

せっかく助かった命だ。無駄にはしてほしくない。

と、ドナがリオの肩に手を回し、ぐいっと引き寄せた。

「てなわけで、だ。戻ったらぱあっとやろうぜ。もちろんオレらの奢りだ」

「鍛錬するんじゃないんですか？」

「それは明日から！」

けっきょく断れず――。


無事に町へ戻ると酒場に連行された。

そこでレベルアップしたことを話すと、その場にいた他の冒険者たちも目を丸くする。

なにせ万年レベル１と憐れんでいた少年が、一流冒険者でも生涯かけてようやく手に入るかどうかの、絶望的な経験値を乗り越えたのだ。

リオを雇ったことがある者はもちろん、初めて会った者たちまで飲めや歌えの大騒ぎ。

念願のレベルアップ。

妹との再会。

いくつもの〝特別〟が重なった今日という日が、リオの眠りとともに終わりを迎えた――。

リオたちが家族で住んでいた家と似たような、人も魔物も寄りつかぬ白い小さな一軒家。

女神エルディスティアはテラスの柵に腹を乗せ、折りたたむ格好で芝生を眺めつつ悶々(もんもん)としていた。

「ついにレベルが上がってしまった……」

死の直前から完全復活する究極スキル【女神の懐抱】を駆使し、経験値を稼ぎ始めたリオなら遠からず成し遂げるとの覚悟はあった。

しかしまさか、たった二年で到達してしまうとは。

しかも、である。

「なんか不具合(バグ)が出て(っ)ない？」

次のレベルに達するのに、必要な経験値が半分になっていた。

兆候はあった。

リオのスキルレベルの上がりが早いと感じていたのだ。通常スキルの覚えも早かった。

これではまるで――。

「【進化極致】と同等じゃないか」

けれど彼はそんなスキルを持っていない。もともと持っていたのは【英雄】であり、それを上書きした反動とも考えにくかった。

となればリオは初めから――生まれたときから【進化極致】を身に着けていたのかも。

固有スキルは一人にひとつだけ。

それが崩れてしまったとしたら、表示上ではひとつしかないように見えるのも致し方ない。

隠しステータスというやつだ。

「でもどうしてリオ君は固有スキルを二つも？　リーヴァが妊娠中に強力な呪いを受けた影響なのかな……？」

答えは出そうにない。女神なのに。

ともあれ、だ。

ずりずりと前に落ち、くるんと回転。背中から芝生に倒れ、澄み渡った空を眺める。

「あんなイレギュラーを、放置していいはずがない」

片手を伸ばし、鋭い眼差しでぐっと握った。

イレギュラーと言えば、ミレイが兄の存在を知っていたのも不可解だった。

それだけではなく、自身の母親がリーヴァ・ニーベルクだとも知っている風だった。リオは気づかなかったようだが、その再来と言われて思わず『お母さん』と口に出そうとしたのを女神は聞き逃さなかった。

(確証とまでは言えないけどさ)

いずれにせよ、老夫婦には『身寄りのない子』とだけ説明して預けたし、ミレイ自身は幼すぎて覚えているとは思えない。

攻略後のリーヴァと付き合いがあった者はごく少数で、彼らがミレイに接触した様子は感知していなかった。

ただ女神とて島全体をすべて把握しているわけではない。

いったいどこの誰が、わざわざリオの存在を伝えたのか?

「うん、そうだ。放ってはおけない。だから私自身が、彼を直接監視しなければ!」

本来なら神のルールに抵触する行為。

しかし言い訳には十分、だと思う。

「待っていてくれリオ君、すぐに行くからね!」

実際にはただ単に、彼に会いたいだけ——彼の側にいたいだけ。

女神エルディスティアは躍る心をいっそう弾ませて、支度を始めるのだった——。

◆

島の西地区での大宴会を終え、リオは翌朝になって南地区へとやってきた。

島の各所にある『転移装置』を使えば、遠く離れた場所でもあっと言う間だ。

冒険島エルディアスは不思議な力で空からも海からも近づけないが、唯一島の南端だけは開放されている。

ゆえに島外から来た者たちが作った最初の町――〝始まりの町〟があった。

始まりの町はその後も栄え、島を統括する議会や各ギルドの本部もある。

周辺の魔物が弱いこともあり、島内で生まれた冒険者志望の若者たちも駆け出しのころはここへ集まるのだ。


リオはまず冒険者ギルドの本部へ赴いた。

「おい、リオだ。リオが帰ってきたぞ！」

「レベルが上がったんだってな」

「うちの正式メンバーにならないか？」

「ちょっと抜け駆けしないでよ！」

「そうだぞ、だから俺んとこへ来い」

噂(うわさ)はすでに届いていたのか、着くなりもみくちゃにされるリオ。

「今は考えていません」

これまでも何度かパーティーへの勧誘はあったが、そのすべてを断っていた。

特定のパーティーに所属すれば、その行動プランに従わざるを得ない。毎日でもダンジョンに潜って経験値を稼ぎたいリオにしてみれば相容れないものだった。

レベルが上がってもそれは変わらない。

もっとも今は自らを鍛えてステータス値を上げるのが急務だった。

「――というわけですから、しばらく荷物持ちの仕事はお休みします」

受付にそう伝えると、リオはそそくさとギルド本部を後にした――。


追いすがる冒険者たちを振りきり、リオは足を急がせる。

石畳の大通りから脇に入り、しばらく進んで馬車がすれ違えるくらいの道に出た。

商店が立ち並ぶ中を進むうち、会う人たちからレベルアップの祝福や所属パーティーへの勧誘を浴びまくる。

やがて四階建ての古い建物にたどり着いた。『銀の禿鷲亭(はげわし)』との看板がある。

一階はカウンターとテーブル合わせて三十席ほどの中規模の酒場だ。二階より上は店主家族の住まいと宿になっていた。

リオはここに住み込みで手伝いをしている。彼の拠点だ。

酒場の入り口を潜ると、男だけの二組がテーブル席にいた。まだ昼前だというのに顔が赤い。

そしてもう一人。


奥の窓際に、美しい女性が静かに本を読みふけっていた。


（誰だろう？）

リオの記憶にはない女性だ。長い金髪がきれいで、ドレス風の上等な服を着ている。

いくら明るいうちとはいえ、冒険者が集う酒場には似つかわしくない上品な佇まいをしていた。

不思議なことに、あれほどの美女がいるのに酔っ払った男性客は見向きもしていない。大声で話したり笑ったりとお行儀がよいとはとても思えないのに。

すでにちょっかいを出したあとで注意されたにせよ、ちらりとも見ないのはどう考えても不自然だった。

（それに……テーブルの上には何もない。誰も気づいていないのかな？）

リオは訝りながらも、客ではないのにカウンター席に陣取る女性に声をかけた。

「アデラさん、ただいま」

大柄で浅黒い肌をした、エプロン姿の女性だ。太い腕で器用に大きな包丁を操り、芋の皮を剝いては足元の桶に芋を放りこんでいた。

仕込みをしつつ接客もするぞ、との心意気を感じる。

「おりょ？　なんだいリオ、ずいぶん早いお帰りじゃないか」

「ちょっと事情があって仕事の契約が昨日だけになったんだ」

「へえ、アンタがヘマしたとは思えないけど、ま、そういうときもあるわな。見てのとおり今はまだ暇だからね、部屋でゆっくりしといで」

彼女はこの店の女将で名をアデラ。オーガ族のハーフだ。

元腕利きの冒険者で、実際彼女のレベルは50を超える。

引退したとはいえ日々鍛えているようで、ステータスもレベル内MAX近くをキープしていた。

ふだん通りの反応からすると、リオがレベルアップした話はまだ耳に届いてないらしい。

「ありがとう。それよりアデラさん、あの人って注文はまだなの？」

「あの人？　って、うぉ⁉　いつの間に……。あんなべっぴんさんが店に入ってくりゃ、すぐ気づいたはずなんだけどねぇ」

椅子から降りようとしたアデラを手で制す。

「僕が行ってくるよ」

「帰って早々悪いねえ。んじゃ頼むわ」

芋の皮むきを再開したアデラの横を通り、カウンターの中へ。木のカップに水を注ぎ、トレーに載せて窓際の席へ向かった。

「ご注文はお決まりですか？」

テーブルに水を置くと、女性は今気づいたとばかりに本から顔を上げた。

「あら、可愛らしいウエイターさんね。お名前を伺っても？」

「……リオです」

「いいお名前ね。私は……そうね、『エル』と呼んでくださいな」

「……わかりました。それじゃあエルさん、ご注文はお決まりですか？」

エルと名乗った金髪の女性は本を広げたまま薄い笑みを浮かべる。リオも見惚(みと)れるほどきれいな笑顔だった。

「紅茶がいいわね。貴方が淹(い)れてくださるかしら？」

「わかりました」

踵(きびす)を返したリオの背を見て、彼女はテーブルの下でぐっとこぶしを握った。

（よしっ！　私が女神だとは気づかれていない。いくら長年共に暮らしたリオ君でも、認識ずらしの権能は防げないものね。コレ消えてなくてよかったぁ）

そう、彼女は女神エルディスティア。姿はまったく同じでも、神性の権能によってリオは同一人物と認識できないでいた。

ところが、である。

（エルディスティアさん、なんでここにいるんだろう？）

リオにはバレバレだった。

エルと女神が重ならなくても、女神がどういった存在かはよく知っている。

あれだけの美貌を持ちながら誰にも気づかれないのは、その不思議な力によるものとすぐさま看破したのだ。

しかし人里に降りた理由は知れない。

口調まで変え名を偽る……にしては先頭二文字とお粗末だが、ともかく正体を彼女が自ら明かさない以上、それに合わせるのがいいとリオは判断した。

当の女神の思惑はと言えば。

（リオ君、きっと怒ってるよね。レベル2まで経験値一億なんて我ながら意地悪にもほどがある）

だから自分が女神だとは面と向かって言えるはずもなく。

あくまで『初対面のお姉さん』として振る舞い、新たな関係を築くのだ。

（ともかくファーストコンタクトは上々とみた！　すくなくとも悪印象は与えていないはず）

ここから焦らずじっくりと心の距離を縮め、いずれこの近所に建てた豪邸に招くのだ。

女神は野望に燃える。

「お待たせしました」

妄想に耽るうちリオが紅茶を持ってやってきた。ソーサーに載ったカップを音もなくテーブルに置く。

「いい香りね――ってちょっと待った！」

一礼して離れようとしたリオを全力で引き止めた。素が出まくる。

「なんですか？」

「おほほほ、ごめんなさいね大声を出してしまって。貴方、冒険者もしているのでしょう？」

「……はい」

「なかなかレベルが上がらなかったのに、つい昨日レベルアップしたと聞いたわ。ならこれから本格的にこの島の攻略を目指すのよね。ここで会ったのも何かの縁だし、私に何かしてほしいことはないかしら？　いろいろ制限があるのだけど、うっかりお金や物を差し上げることくらいはできましてよ！」

　頼れるお姉さんを演出する。

「……いえ、特には何も」

「どうして⁉　ほら、装備もろもろ入り用でしょう？　剣でも槍でもいえそれは危ないわね。遠くからバカスカ撃ちまくれるような武器とかどうかしら？　町一番の大店を店ごと買い占めてもいいし、なんならダンジョンの奥深くにしかない逸品を——はっ⁉」

　目をぱちくりさせるリオに、自身が冷静さを欠いていたと思い知る。

（はわわわわぁ！　じっくり距離を詰めるつもりだったのに、テンションが上がり過ぎて前のめりになってしまったぁ！）

　ぐるぐる目でしどろもどろになる。どうにか挽回しようと思考を巡らすも、焦って考えがまとまらなかった。

「あの」

「ははははひぃ！」

「お気持ちは嬉しいですけど、今のレベルで分不相応な武具をもらっても僕ではうまく扱えません。相応な武器なら貯えで十分足りますし、お気遣いは無用です」

「そ、そう、なのね……」

しょんぼりする女神を見て、リオは数瞬考える。

「ただ装備を整えようとは思っていました。でも僕はそういったお店に詳しくなくて。もしご存じなら、お手頃な武具を扱うお店を教えてもらえませんか？」

女神の表情がぱあっと明るくなった。

「もちろんでございますことよ！　私ってばこれでも長ぁくこの島に住んでいますのでございましてね。少々お待ちいただけましてくださいね！」

口調が乱れまくる女神は、左右のこめかみにそれぞれ人差し指を当て、むむぅんと何やら念じたのち。

「あった！　あったよリオ君！　この始まりの町に、知る人ぞ知る名店がありましたとも！」

「ありがとうございます。それじゃあ一週間後、そこへ案内してもらえますか？」

「へ？　なんで？　今すぐ行かないの？」

いつしか馴染みの口調に戻った彼女にリオの表情が緩む。

「まだレベルが上がったばかりですから、まずはステータス値を上げないといけないんです。今のステータス値でちょうどいいと、筋力が上がったときに物足りなくなります」

なるほどと納得しかけた女神だったが、

（えっ、一週間？　たったそれだけで、今の倍近くまでステータス値を上げちゃうの？）

さらりと言ってのけるリオに寒気を覚えた。

「じゃあエルさん、今後とも『銀の禿鷲亭』をご贔屓に」

微笑みを残し立ち去ったリオを見送って。

（ま、いっか。一週間後にリオ君をそのお店に連れて行けば…………ん？　おや？　二人で、お出かけ、ってことはまさか！）

ぼっと美貌が真っ赤に染まる。

（それってでででデートってやつですかぁ⁉）

ぷしゅ～と全身から湯気を出す勢いでエルディスティアはぱたりとテーブルに倒れこんだ。

（もう死んでもいい……いや一週間は絶対生きる！）

「うふ、うふふふふふふ……」

興奮しすぎて認識ずらしの権能は効果を失ったものの、辺りの客が彼女に近づくことはなかった――。

◆

レベルアップしてもすぐにステータス値は上がらない。

またレベルアップ時に上昇するＭＡＸ値は10前後で少なく感じるものの、戦闘をしたからといって簡単には上がらず、逆に日常生活だけでは下がってしまう危険を孕んでいた。

そのため特にレベルの上がる間隔が短い低レベル帯では、レベル内ＭＡＸを目指して集中的に鍛錬するのが一般的な冒険者の在り方だ。

リオは今回、一気にレベルが11も上がった。並大抵の努力ではふた月、下手をすれば三ヵ月はかかってしまうだろう。

拠点に戻った彼は、その日の内から鍛錬を開始する。

店でお昼の繁忙時間帯を手伝ったのち、町を出た。

比較的魔物が寄りつかない開けた場所を選ぶ。

人にも魔物にも邪魔されたくはない。

特に人目につけば彼の異常な鍛錬に眉をひそめ、中には強制的にやめさせようとする者も現れかねなかった。

準備体操もそこそこに、腕立て伏せを始める。

呼吸を合わせたり力加減を考えたりは一切ない。ひたすらハイペースで両腕を酷使した。

「ぐ、ぅ、ぁぁぁ……」

体が持ち上がらなくなったら今度は腹筋。こちらも異常なハイペースだ。

続けてスクワット。その後は背や肩など、体の各所を痛めつけては休憩なし水分補給もなしで、また腕立て伏せに戻る。

「はっ、はっ、はっ、はっ、ぅぁ……、はぁっ」

すでにふらふらながら、気絶するのにも耐えて鍛錬を続けていけば、当然――。

バチンッ、と。腕のどこかが切れる音。直後、

――固有スキル【女神の懐抱】が発動しました。


脳内で響く声。身体が淡い虹色の光に包まれた。

極度の疲労に加えて動けないほどの傷ができれば、完全復活の固有スキルが発動する。だがダメージを受ければいい戦闘に比べると、発動させるのは難しかった。

「ふぅ……、やっぱりキツイな」

ステータスを確認すると、筋力と体力が1増えていた。

通常は回復に一日や二日かかるものだが、この世界では回復魔法で短縮できる。

リオの場合はそれに輪をかけての超短縮だ。

なにせ体が壊れるまで延々と酷使し続けるのだから、その効果はふつうの冒険者に比べて数倍。場合によっては十倍近くにまで達する。

彼がまだ冒険者になりたてのとき、レベル1でのＭＡＸまでステータス値を上げるため、すでにこのやり方を確立していた。

完全回復したリオは、再び初めから鍛錬を開始する。

それを時間の許す限り繰り返した。

回復魔法では、効果の高いものは多くのMPを消費し、それが尽きれば使えなくなる。

しかしリオの固有スキルは回数制限なし。一日の効率が段違いだった。

夕方、一度店に戻り、夜の忙しい時間帯を手伝ったのち、再び同じ場所にやってきた。

もちろん眠らずにやる。

これもまた彼のスキルの為せる業だ。

そうして朝がやってくるころには――。

「筋力が22、体力が13アップか」

俊敏も12上昇していた。

「でも……まだ足りないな」

常人からすれば異常なハイペースだが、リオは納得していなかった。

今は筋力を中心に上げているところなので、体力や俊敏が一週間では追いつかない。

「自重トレーニングだと効率が悪いな」

レベル1のころはそれでも事足りたが、筋力が上がってくれれば効率が落ちてしまう。

砂袋を使って負荷を上げた。

ちなみに知力や魔力、器用さはリオの固有スキルを利用しても異常ペースまでは望めない。『休まず寝ないで』がせいぜいだ。

これらは焦っても仕方がない。とはいえ日常生活で鍛錬はできる。

店の手伝いでの計算はもちろん、注文は店内すべての客のものを覚え、どのテーブルにいつ何が運ばれたかも順に記憶していく。

頭が重く熱くなるが、さすがにその程度では【女神の懐抱】は発動してくれず、精神的にかなり辛い。

それでも知力はそこそこ上がってくれた。

魔力は端から捨てている。

魔法を使って伸ばすものだから、今のリオではどうしようもない。ただ瞑想でも上がっていくものであるため、時間が取れたらそれこそ一週間ぶっ続けで寝ずに瞑想すればいいのだ。

捨ててはダメなのが器用さ。武具を扱ううえで重要となってくる。

「おー、また腕を上げたんじゃないかい？」

女将のアデラが目を細めた。

リオは巧みな包丁捌きで野菜を細切れにしていく。厨房での仕込み作業は器用さを上げるにはうってつけだ。【料理】スキルのおかげで女将の信頼も厚い。

開店前と閉店後の掃除でもわずかながら器用さは上がっていった。

ただやはり、ＭＡＸ値との差は大きい。これは武器を扱う練習で集中的に上げざるを得ないだろう。


四日が経ち、筋力がかなり高まった。

リオは体力と俊敏の向上に鍛錬をシフトする（同時に筋力も鍛えられる）。

背負子（しょいこ）に岩を括りつけ、砂袋を持ってひたすら走る。

ときおり今まで出会った魔物を思い起こし、その攻撃から避けるようにステップを踏んだ。

疲労で足がもつれ、岩に押しつぶされることしばしば。

これを店の手伝い以外でまるまる二日続けたところ。

＝＝＝＝＝＝＝＝＝＝＝＝＝＝＝

HP　：350／350
MP　：　50／　50
STR：251／273
VIT：273／290
INT：134／223
MAG：　66／147
AGI：259／288
DEX：133／215

＝＝＝＝＝＝＝＝＝＝＝＝＝＝＝

筋力、体力、俊敏が実質レベル10から11ほどにまで向上した――。

◆

約束の日がやってきた。

自称『エル』こと女神エルディスティアと一緒に隠れた武具の名店に赴く日だ。

女神はこの一週間、リオと顔を合わせてはいなかった。

会えば無茶な鍛錬に苦言を吐きまくりそうなのと、デート（と本人は思いこんでいる）を前に気持ちを最高潮にしたかったがゆえだ。

しかし店内に入るや、じとーっとリオを見下ろした。

「たった一週間でそこまでに至るなんて……本当に驚きだわ」

固有スキルを利用した破天荒なやり方はたしかにあるが、それでもステータス値の上がり方が異常すぎる。

（やっぱりこの子、【進化極致】を〝隠し〟で持ってるのかな……）

あらゆる面で急激な成長を遂げる、シンプルながら至高のスキル。ステータス画面上に表示されないのは本来あり得ないが、ステータス・システムの不具合（バグ）なら可能性はあった。

「ん？　……なにかしら？　私の顔になにか付いていて？」

リオは真剣な目つきで女神を見つめていた。やがてぼそりと言う。

「その話し方、なんだか違和感があります」

「うぇぁ⁉　あのそのえーっと……変、かな？」

「いえ、変とかじゃなくて、無理しているのがわかってしまうと言いますか……」

「うぐっ！　ま、まあ、たしかに、そうだけど……ってそれを言うならリオ君だって、なんだか話し方が他人行儀じゃないかな？　いやまあ知り合ったばかりの他人なんだけど」

もっとこう、親しみを感じさせるような、かつて二人で住んでいたときのような会話をしたかった。

「うん、そうだね。僕もこっちのほうが話しやすい。いいかな？　エルさん」

「ハイ喜んで！」

頼れるお姉さんを演出したかったが、これはこれでぐっと距離が縮まった感がすごい。

「そ、それじゃあそろそろ行こうか。二人っきりで！」

がぜん調子が乗ってくる。

(て、手を、つないじゃったりしちゃおうかな？)

以前は自ら進んでのスキンシップは控えていた。

でも新たな関係を築こうとする今、勇気を出さなければ！

それでも迷いに迷ううち、リオはすたすたと店から出た。

「あ、ちょ、待っておくれよぉ～」

やっぱりどうにも締まらない、と肩を落としたのも束の間。

リオは振り返ると、

「案内、お願いするね」

すっと手を差し出してきた。

（好き……）

嬉し涙があふれそうになる。

リオが差し出した手を、震える手で、二度と離すものかと握ろうとしたその瞬間。


「あ、リオさん！　お久しぶりです」


元気いっぱいのあいさつで、ポニーテールの黒髪を揺らしてとてとて駆け寄る女の子。

「ミレイ……うん、久しぶり」

リオの妹、ミレイ・ドラグナだ。

先日偶然にもダンジョンの中で再会を果たした。彼女の首元には、七大ダンジョンのひとつを攻略した証――小さな『☆』の紋様が浮かんでいる。

「ダリタロスはまだ攻略途中なんだよね？」

「はい。あそこってすごく広くて大変です。あ、わたしは前線じゃなくて、マッピング班なんですけどね。十階層辺りをうろうろしてました」

ダンジョンは攻略直後、および場所によりまちまちだが数年ほどの周期で迷宮のかたちを変える。

ダリタロスはついひと月ほど前に後者の理由でその姿が変容した。

今の地図を作れば新規攻略パーティーに重宝されて高値で売れるため、お金目当てであえて地図化作業に没頭する冒険者たちもいた。

ミレイが所属する団は大所帯であるので、攻略ついでに財源確保するのが目的だろう。

「最前線はどこまで行っているの？」

「三十五階層を拠点にして、四十階層近くまでは降りたと聞いてますね」

地下迷宮ダリタロスの最深部は五十階層と言われている。

階層だけみればすでに八割を攻略したことになるが、実はここからがまた長い。

広さだけなら七大ダンジョン随一を誇り、一階層降りるだけでも小規模パーティーなら早くても一ヵ月はかかると言われていた。

唯一七大ダンジョンを攻略した最強の剣士リーヴァ・ニーベルクが語った、『あそこが一番面倒くさかった』との言葉は多くの冒険者のやる気を削いだことで有名である。

（まあ、あの人たちなら一ヵ月くらいでいけそうかな）

広い迷宮の探索は数がモノを言う。五十人からなるメンバー数と、個々の能力も高い彼らはダリタロスとの相性がいいからだ。

「君は休暇をもらったの？」

「はい。明日にはまた地下に潜らなくちゃですけど」

さほど疲れは見て取れないが、急成長中とはいっても七大ダンジョンに挑むにはまだレベルが心許ない。辛い戦いをしているのは想像できた。

「それで、僕に何か用事？」

「用事と言いますか、リオさんがレベルアップしたと聞きまして。お祝いの言葉を伝えようかなって。おめでとうございます！」

「ありがとう。でもまだ君には遠く及ばないよ」

「いえいえそんな、お互いにがんばってレベルを上げていきましょうね」

にぱっと笑みを咲かせたミレイは、おや？　と首を傾げる。リオの背に隠れるように立つ女性に気づいたのだ。

（わあ、きれいな人だなあ……。でも――）

どうして頬をぷくっと膨らませているのか？　怒ってる？

「リオさん、そちらの女の人は……？　お知り合いですか？」

「ああ、お店のお客さんだよ。名前はエルさん」

女の人がどよーんとうなだれた。「そう、私は客……まだ頼れないお姉さん……」などとぶつぶつ言っている。

ミレイはむむむ、と眉根を寄せた。

彼女が預けられたのは、小さな村だ。

老夫婦と同じ年代の元冒険者たちが隠居するのに最適な土地だった。ミレイのような子どもはもちろん、母親に近い年齢すらほとんどいない。

そこで純粋に育った彼女ではあったが、半年前に現役バリバリな冒険者集団に所属する。

若い男女が集えば、色恋沙汰は日常となる。

(もしかしてこのお姉さん、リオさんの恋人⁉)


ゆえにそっち方面の察し具合はそこそこの精度があった。

(そういえば、さっき二人で出てきて、手を取り合うようなしぐさを……)

きゅぴーんと何かひらめく。

「すみません！　今からデートだったんですね。お邪魔してごめんなさい！」

またも高精度に察するミレイ。ぺこりと頭を下げる。

(え、なにこの子、すごくいい子……)

エルディスティアが感動する一方、

「……でーと？」

リオはその言葉の意味を知らなかった。

「お二人でお出かけするんですよね？」

「うん、装備を新調しようとしていて、エルさんがいいお店を知っているそうだから案内してもらうんだ」

なるほどそういうデートもあるのか。ひとつ賢くなったと喜ぶミレイ。

「ちなみにどこのお店ですか？」

エルディスティアは大きな胸に手を当てて、得意げに答える。

「ふふ、本当はお気軽に教えてはダメなんだけど、察しも気遣いもいい子には特別だ。『リィアン

商会』と言ってね、知る人ぞ知る隠れた名店で、なんと――」

「伝説の名匠リトリコの武具を扱ってるお店だ！」

「あ、うん、知ってたの？」

「団長が言ってました。でもあそこって紹介制なんですよね。いいなー、わたしもいつか行ってみたいなー」

ミレイからすれば他意のない純粋な欲求の吐露だったが、

（まさか『自分も連れていけ』ってこと？　この状況で？　なんて浅ましい……。危うく騙されるところだったよ）

エルディスティアは愕然とする。

が、表情が強張った彼女を見て、ミレイはピンときた。

「あ、お二人の邪魔はしませんから安心してください。わたしは今度、団長にお願いして連れてってもらいます」

（ああ……こんなに純朴で察しがいい少女を疑うなんて、私ってばなんて浅ましい……）

再びどんよりするエルディスティア。

（この子はきっと、リオ君をまだ見ぬ兄に重ねている。リオ君だって、なるべく妹と一緒にいたいはずだ）

本来は仲睦まじく一緒に暮らしているはずの二人を、引き離してしまったのは自分だ。

契約の破棄は女神であっても許されない。権能かひとつ剝がれるといったレベルではなく、島の存続すら危ういものとなるのだ。そしてリオが破れば妹ともども命が危ない。

当時の状況から仕方なかったとはいえ、他にやりようがあったかもしれないとの後ろめたさが女神にはあった。

（私は大人で頼れるお姉さん……を目指す女神。ならここでやるべきは――）

兄と妹がともに過ごす時間を、作ってやることではなかろうか！

「い、一緒に、行かないかな？」

「ぇ？　あの、わたしはその、お邪魔するつもりは……」

女神の引きつった笑みに慄くミレイ。

「邪魔じゃない！　ね？　リオ君」

「えっ？　ああ、うん。エルさんがいいなら、僕は構わないよ」

「よし！　決まりだね。じゃあみんなで仲良く出発だー」

涙目で無理な笑顔を作る彼女に、ミレイは居たたまれない気持ちになる。それでも――。

ささっとエルディスティアの背後に回りこみ、隣に並ぶやその手を取った。

「おっ？」

顔だけ振り向いて、リオに目配せする。

（なに……？　ああ――）

その意図を察したリオは女神に駆け寄ると。

「ふぇ!?」

彼女の空いた手を、ぎゅっと握った。

（ありがとうミレイちゃん、君ってばホントにいい子……）

感動に打ち震えるエルディスティアはしかし、

（あれ？　でもこれ、傍から見たら子どもの手を引くお母さんじゃない？）

なんとも複雑な気持ちになるのだった――。

◆

――猫がいた。

始まりの町の中央を貫く目抜き通りを越え、中心街へ向けて歩くことしばらく。

閑静な住宅街にたどり着いた。

そこは島の議会メンバーや財界人、『☆』三つ以上の有力冒険者たちが居を構えている。

立ち並ぶ豪邸の中にあって、肩身が狭そうに建つ小ぢんまりした二階建て家屋。看板も何もなく、ふつうの住居にしか思えない。

エルディスティアが無遠慮に玄関のドアを開けると、

「これはこれはエル様、お待ち申し上げておりました」

店内にいた人物を見て、ミレイが目を輝かせた。

（ね、猫ちゃんだあ）

正しくは猫人族(ワーキャット)と呼ばれる獣人系の種族だ。

ゆったりした衣装は袖が腕丈と同等くらい幅があり、袖口も広く開いている。その袖口に左右の手を合わせて隠し、猫顔の前に恭しく持ち上げる格好での出迎えだ。

三人そろって中に入った。

一階すべてが店舗のようで、壁には所狭しと剣やら槍やら弓やらが飾ってある。

大きなテーブルが四つあり、そこにも武具が並んでいた。ただテーブルの間はかなり余裕があるためか、外観以上に広く感じる。

「約束では一人だったけど、もう一人増えた。いいかな？」

「ふむ。巷(ちまた)で噂の『死なない荷物持ち』様に、そちらは……『幼竜姫』様ですか。お二方ともよい目をしていらっしゃいます。失礼ながら実力の程は心許ないですが、将来を期待して『合格』と判定いたしましょう」

「よしよし。ま、リオ君たちなら当然だね。でもさ、客を選り好みするってどうなの？」

「こちらで扱っておりますのはわたくしが厳選した品々です。ならばこそ使われるのも相応の方々でなくては我慢なりません。店主の我がままと言われれば、その通りでございますね」

店主は姿勢を正す。

「改めまして、わたくしはリィアン商会の店主ユーゼァ・リィアンと申します。リオ様、ドラグナ様、御身を目利きした無礼をお許しいただき、ごゆるりと自慢の商品をご覧ください」

「僕は気にしていません。ありがとうございます」

「わたしもです。むしろ『合格』って言われてなんだか嬉しくなっちゃいました」

ところで、とミレイはエルディスティアを見上げる。

「エルさんってどなたの紹介でここへ？」

「えっ……」

気まずそうに顔を背ける女神様。

「はっはっはっ、エル様は先日、紹介もなく突然訪れましてね。『紹介する権利を買い取りたいのだけど！』と」

「それっていいんですか？」

「ダメです。ただあまりに必死だったものですから、なんとなく哀れに感じまして。ひとまずお連れする方を見定めるとの条件で了承いたしました」

白けた空気が辺りを包む。

「情熱、情熱だよ！　人を動かすには熱いハートが必要なのさ！」

「否定はしませんが、今回の件はくれぐれも吹聴なさらぬよう。このような前例が知れ渡ってしまいますと、今後の商売に影響が出てしまいますので。巷で噂が立つようでしたら、お三方とも出入り禁止とさせていただきます」

「はい……、肝に銘じます」

エルディスティアはしゅんとするも、すぐさま気を取り直した。

「さあリオ君、ミレイちゃん、店主もああ言っているのだし、ゆっくりじっくり見て回ろうじゃないか」

はい！　と元気に飛び出したのはミレイ。

「こらこら危ないぞぶべっ！」

追いかけようとして派手に転んだのはエルディスティア。

店主のリィアンは見なかったことにしたのかミレイに続く。

「ほわ～、この剣、なんだかすごいですね！」

「さすがは幼竜姫様、お目が高い。そちらは鍛冶ギルドの新鋭ベドロの作でして、斬ることにこだわり抜いていていながら前衛的な意匠により、血なまぐさい戦場を華やかに彩ること請け合いでございますよ」

リオは遠目に見ながら思う。

（あれはない。あんなゴテゴテしたのがカッコいいなんて――）

「なるほどー。カッコいいですもんね！」

リオは自身の美的センスを疑い始めた。

「しかしミレイ様、貴女にこの剣は大ぶりかと思われます」

「あ、今日はわたし、付き添いでして。リオさんの武器を選ぶのをお手伝いしたいなーって」

妹が選んでくれたものを無下にはできない。しかしアレを扱うにはまず自身の美的センスを磨かなければ、と苦悩する。

そんなリオにリィアンは歩み寄り、声をかけた。

「何をお悩みですか？」

「いやその……」

正直に言えず言葉を濁すリオに、リィアンは誤解しつつも鋭い指摘を放つ。

「リオ様はつい最近まで荷物持ちとしてサポート役をされていましたね。倒すとの意識で魔物と戦うことがあまりなかったのでは？　ゆえにこそ貴方は、自身の戦闘スタイルを決めかねておられる」

「……はい、目指したいものはあるんですけど、それが僕に合っているのかとの不安があります」

「冒険者を志す者ならば、誰もが一度は抱く不安でありましょう」

遠くでミレイが頬を引きつらせる。

「えっ、わたし、カッコよさそうってすぐ刀に決めちゃってた……」

「ははは、直感というのも侮れませんよ。好きこそ物の上手なれと言いますように、気に入った武具で理想とする戦い方を目指せばこそ、苦労をものともせず続けられるものです」

それに、とリィアンはリオを真正面から見つめ、

「リオ様、貴方はよい『眼』をお持ちです。ふだんはあまり使ってはおられぬようで、実にもったいない」

「【鑑識眼】のことですか？　でもそれは――」

「人であれ魔物であれアイテムであれ、ただステータスが覗けるだけのスキルではありません。より深く、その本質を見通して識ることが本領と言えるでしょう」

「そう、なんですか？」

リィアンに疑問を投げつつも、視線を移したのはエルディスティアにだ。

「ま、そうだね。ただ機能的にあやふやなところがあって、見えてるくせに視覚情報としては入ってこないんだ。なんていうかこう、ピンとくる、みたいな？」

「その不確かな感覚は繰り返し使えば霧が晴れるがごとく明瞭になっていきます。限定スキルや固有スキルにレベルはなく成長しないと思われがちで、事実そうではあるのですが、使用者を鍛えれば研ぎ澄まされ、数段高みの使い方ができる可能性を秘めているのですよ」

「それはリオ君なら、実体験としてすでに知っているはずだ」

固有スキル【女神の懐抱】。

死の直前から全回復したら、莫大(ばくだい)な経験値が手に入った。しかしそんな情報はスキル説明のどこにも書いていない。

どんな場合にどれだけの経験値が手に入るか。発動の細かな条件。

リオは何度も何度も繰り返しスキルを使い、最適な使い方を身に着けてきた。

そして【鑑識眼】は全滅したパーティーから託された、破格の限定スキル。

思い返せば最難関のダンジョンの奥深くから二週間で脱出できたのは、このスキルを無意識に使ってなんとなく帰り道を感じたからかもしれない。

「……やってみるよ」

限定スキル【鑑識眼】を発動する。ぐるりと店内を見回した。

武具それぞれの表層的な情報がいくつも表示される中、文字を読み取ることは意識から外してただ眺め見る。

心の奥底を揺さぶられる感覚がないか、注意深く内面に問いかけた。

「ぁ……」

部屋の隅に目が留まった。

壁に飾られた『剣』へと歩み寄る。

分類的には『曲刀』と呼ばれるものだ。

刀身の根元から中ほどにかけて広がり、先端に向かってまた細くなっている。緩やかなカーブを描き、刃のない背の部分が一部飛び出して小さな刃を形成していた。長さは中型剣よりやや短い。

似たような曲刀がもうひと振り、互いに交差して飾られていた。

「これはまた……なかなかに鋭い。サポート役として多くの手練れの冒険者を見てきたからでしょうか」

「これは……？」

「これぞ現在最高とも言える伝説の名匠、レオナルド・リトリコ作の双剣です。とはいえかの名匠はずいぶんと偏屈でしてね。『至高の一』を目指すあまり、その作成過程で生まれたものはすべて失敗作だとか。ゆえにこちらも無銘となっております」

「失敗作、ですか？」

「ご本人はそうおっしゃっていますが、わたくしから見れば稀なる逸品には違いありません。しかもリオ様の今のレベルでも扱いが易く、長くお使いになれることは保証しましょう。むろん、値は張りますがね」

まずは手に取ってみてくださいと促され、リオはそれぞれを同時に手に取った。

ずしりと重い。しかし握りを正すと意外なほど軽く感じた。重心が安定していてしっくりと手に馴染む。

軽く振ってみた。今度はその重みに振り回され、思うように扱えない。

「すごい！　双剣カッコいい！」

ミレイは大興奮だが、自分ではまったく満足できない。でも――。

「これ、二本でいくらですか？」

この双剣を使いこなしたいとの欲求が、めらめらと燃え盛った。

「先ほども申し上げましたが少々値が張ります。素材はもちろん、リトリコ作の逸品を叩き売りするわけにはまいりませんので。初のお客様であることを勘案し、最大限勉強させていただくとして

――」

リィアンが告げた金額に、

「「高っ！」」

女神と妹が叫んだ。

「買います」

「マジで⁉」

「本気ですか⁉」

またも仲良く驚く二人。

「ふむ、わたくしとしては嬉しい限りですが、失礼ながらお手持ちはございますか？」

「冒険者ギルドに貯えがあります。信用決済で構いませんか？」

リオはこの二年、ほとんどお金を使っていない。

住み込みのアルバイトでは宿代と三食が提供され、もちろん働きに応じて給金をそれなりにもらっている。

一番の稼ぎは荷物持ちで、宝を見つけての報酬など臨時収入もたくさんあった。

「ええ、構いませんよ。貴方は信用のおける人ですから」

必要な手続きを済ませ、鞘に剣を収めて両の腰に差した。

「では皆様、またのお越しをお待ちしております」

来たときと同じく、リィアンは恭しく礼をして見送ってくれた。

武器はそろえた。

戦闘スタイルも決まった。

ならば次にやるべきは――。


「師匠を見つけないとですね！」

「えっ？」

その発想はなかったな、とリオは目を丸くした――。

◆

冒険島の完全攻略を目指すにせよお宝目当てであるにせよ、冒険者とはその目的のため、強さを追い求める者たちでもある。

剣士などのアタッカーであれ回復師などのサポーターであれ、自身の役割をこなすため、実力を高めるのに邁進(まいしん)する。

しかしただレベルやステータス値を上げるだけでは足りない。

己が技量を磨くには、一線級の冒険者に師事するのが効率的だった。

ミレイがリオに『師匠を見つけよう』と提案したのは自然の流れ。

だがリオは難色を示した。

リオにとって師とは、技術を伝えるだけの存在ではない。

自分のことを理解してくれて、人生における様々な指針を示してくれる人だ。

彼には一人しか思い当たらない。

残念ながら女神ではなく、母リーヴァ・ニーベルクだ。しかしその母はもういない。

「僕の戦い方は、きっと特殊だと思う。教える側も困るんじゃないかな？」

「そうなんですか？　あ、もしかして固有スキルをものすごく活用しちゃう感じです？」

リオはこくりとうなずく。

「効果のほどは聞いていますけど、実際ふつうとは違うものなんですか？」

「殺されることを前提に突っこんで、やられたら復活して油断しているところを狙って相手を倒す。こうすると確実性が増すし経験値が二度おいしい」

ミレイは絶句する。

エルディスティアはため息交じりに言った。

「君のその思い切りの良さは美徳ではあるんだけど、付いていける人は少ないよ？」

「理解はしているつもりだよ」

荷物持ちをやって二年。

随行した冒険者たちに何度となく「頭おかしい」と非難され、「もっと自分を大切にしよ？」と諭され、「気持ちはわかるが無茶苦茶だ」と呆(あき)れられてきた。

だからといって『死を逃れたら膨大な経験値が手に入る』メリットを、活用しないなんてあり得なかった。効率が段違いなのだから。

むむむっと難しそうに考えていたミレイが、唐突に言う。

「すみません、ちょっと手合わせしてもらっていいですか？」

「なんで？」

「わたしが所属する団には双剣使いもいます。推薦するにしても、どんな感じかわたし自身が知っておきたいので」

そもそも誰かに師事するのは気乗りしない。

なんだか妙なことになったと思いつつも、リオは承諾した――。


このところリオが鍛錬している草原地帯に来た。

小さな岩に腰を落ち着けた女神が見守る中、距離を空けて兄妹は対峙する。

「思いきりやっちゃってください。わたしも死なないようにがんばりますので」

言われなくてもそのつもりだ。

レベル差はもちろん、ステータス値はリオの二倍に迫る。

【剣術】スキルはレベルが5。いくら【進化極致】を持っていても、わずか半年でどれだけの鍛錬を積めばその域に達するのか。

加えて【多段斬り】、【斬鉄】、【会心突き】、【必中】、【受け流し】などなど……剣技に直結するスキルが豊富だ。

スキルレベルは低いものの、多彩な魔法も持っていた。

対するリオは【剣術】がレベル2。回避につながるスキルがいくつかと、【物理攻撃耐性】のレベル7くらいしか誇れるものがなかった。

（ともかく全力で行くしかない）

妹に剣を振るうのに抵抗はあるが、そんな甘い考えでは何も得られない。

ワーキャットの店主リィアンの言葉を思い出し、限定スキル【鑑識眼】を発動して先手を取ろうとした。しかし――。

（え……？）

ミレイが抜こうとしている刀を見て、リオは動きを止めた。

「？　こないのなら、こっちから行っちゃいますね？」

すらりと刀を抜き、両手で握りこむや。

ダンッ！

一足飛びに間合いを詰める。

「ちょ、その刀って――ぐぅ！」

双剣を交差して、横薙ぎの斬撃を受け止める。

ミレイは刀をひっくり返し、刃ではなく峰の部分で叩きつけていた。

ホッとするも、

（重い！）

リオの身体は容易く吹っ飛ぶ。

なんとか体勢を整えて着地したものの、いつの間にかミレイはすぐ横にいた。

「あ、視えちゃいましたか。ええ、これは妖刀『斬呪丸』。切れ味抜群の名刀ですけど、斬るたび使用者を呪うんです」

一刀ごとに使用者はダメージを受ける、諸刃の呪刀だ。

「なんでそんなものを⁉」

ギィン、と今度も峰打ちをどうにか受けた。【危機察知】と【緊急回避】がなければ側頭部に直撃していたかもしれない。

「いちおう呪いの効果は下げてもらったので、使ってもわたしはそれほど痛くないですよ？」

「だからって、好んで使う理由なんてあるの？」

切れ味でいえば、他に名刀は見つけられるはずだ。

「冒険者になる前に言われたんです。この島の攻略を目指すなら呪い耐性は付けておけって」

どこかで聞いたような話だ。一般的な注意事項なのだろうか？

たしかに斬るたびに呪いを受けるなら、その耐性を付けるのにはうってつけの武器だろう。

「いやでも、耐性に限るなら物理攻撃や魔法系みたいに直接ダメージを軽減するものとか、状態異常系でいえば致命的な危機になりかねない石化とかを優先するでしょ？」

「そうですね。でも理由は教えてくれなかったんです。なんででしょう？」

この島唯一の攻略者、リーヴァ・ニーベルクがとあるダンジョンボスに解けない呪いをかけられたとの話は、一般に知られていない。

何を女神に願ったのかも。

どこでどう女神と会ったのかも。

彼女は多くを語らず、体に刻まれた七つの『☆』を証として、いつしかみなの前から姿を消したのだ。

（でも母さんだって、まったく誰とも交流してなかったわけじゃない）

だからそれを知る誰かが『呪い耐性を付けろ』とミレイに助言しても不思議はなかった。

「峰打ちですからわたしにダメージはありません。さあ、遠慮なくどうぞ！」

言いつつ上下左右から、変幻自在の斬撃を繰り出す。

（そうだ、今は余計なことは考えずに――）

リオはやみくもに左右の曲刀を振るった。

「……？」

ミレイが怪訝な表情になったが構っていられない。

師匠がどうとかは横に置き、今自分にできることを示し、剣士として遥か先を行く妹に何かを感じてほしかった。

前へ。

ただひたすら前へ。

それしか自分はできないのだから。

両手で繰り出す斬撃の、ことごとくを捌かれる。手数はこちらが倍なのにミレイは楽々受けきっていた。

しかも時おり彼女が攻撃に転じるも、首に、腰に、脚に、食らわせる寸前で止めている。

手加減されているのがありありと伝わってきた。

（ん？　ミレイ……？）

と、妹がどんどん辛そうな表情になっていた。

攻撃を受けても呪いが発動し、ダメージを負っているのかと心配になる。

やがてミレイは大きく飛び退いた。顔を伏せ、苦しそうに吐き出す。

「それは、ダメです。ダメですよ、リオさん……」

「ダメ……って？」

「いえ、ダメって言うのがダメですよね。でも、あなたの戦い方は……自分の命を、価値のないものとして扱ってるように、感じてしまうんです」

二人のやり取りを眺めながら、女神は思う。

（ああ、それは私の責任だ。まだ子どもだったリオ君に――命の尊さを教えなくちゃいけない年齢の彼に、自分の命を粗末に扱えるようなスキルを与えてしまったのだから……）

他者の命に対しては、年相応以上に大切だと感じているようではある。随行したとある冒険者パーティーが全滅したのを目の当たりにしたことが大きな要因だろう。

だからなおさら、他者の命を尊重するあまり自身へのそれがなおざりになっているのだ。

「死なないっていうのはわかります。理解はしてるんです。でも……やっぱりわたしは辛いです。哀しい、です……」

小刻みに震える妹にも、リオは淡々と話す。

「うん、そうだろうとは思う。でも僕はこのやり方を変えるつもりはないし、これが僕に一番合っていると信じているんだ」

スキルは有効に使う。

理に適った使い方なら、むしろ積極的にやるべきだと疑っていない。

仮に母が生きていればこう言うだろう。『イカしたスキルだ。いいぞもっとやれぇ！』と。

その意味では、妹がまともな倫理観を持っているようでホッとした。

「ごめんなさい、わたしから誰かに推薦はできません」

「構わないよ。もともと誰かに教えてもらおうとは思ってなかったし」

またも小さく「ごめんなさい」とつぶやいたミレイは顔を上げ、困ったような笑みになる。

「じゃあ、わたし行きますね。鍛錬、がんばってください」

「あ、ちょっと待って！」

身をひるがえそうとしたミレイの背に声をかける。ミレイはきょとんとして向き直った。

呼び止めはしたがリオは困った。

なんとなくこのまま別れるのは後味が悪いと感じただけなのだ。

「えっと……、そう。君にも師匠がいるんだよね？　どんな人なの？」

ひとまず当たり障りのない話でつなごうとした。

「たくさんです。団には剣や魔法がすごい人たちが大勢いるので、その人たちからいっぱい教えてもらってます。あ、でも――」

ミレイは快活な笑みを取り戻して言った。

「団に入る前に、冒険者のなんたるかをいろいろ教えてくれた人がいました。おじいちゃんやおばあちゃんはわたしに冒険者になってほしくないみたいだったので、冒険者的な最初の師匠はその人ですね」

　さらに続けて楽しそうに語る。

「実はその人が、わたしに二つ上のお兄ちゃんがいるって教えてくれたんですよ」

「えっ」


　小さな岩に腰かけるエルディスティアをちらりと見る。

　おそらく彼女だろう、とリオは考えていた。

　今会っているのに認識できないのは女神の権能であれば説明がつく。

　ところが女神は眉間にしわを作り、『いったい誰だ？』とでも言わんばかりに首を傾げていた。

　何かがおかしい、と感じたリオは問いかける。

「その人ってどんな人なの？」

「名前は知らないですけど、わたしと同じ黒い髪と黒い瞳をした、気さくなお姉さんでした」

「んん？」

　思わず声を出したのはエルディスティアだ。

　やはり、何かがおかしい。彼女では、ない？

「いろいろ秘密がありそうな不思議な人でしたね。自分の名前もお兄ちゃんの名前も『今は言えない』って」

「その人は、他に何を教えてくれたの？」

「冒険者の心得とか、装備の種類とか戦いのパターンとか。ただ団に入っていろんな人の話を聞く限り、そのお姉さんってかなり破天荒な人みたいですね。『それ参考にしちゃダメ！』って注意されちゃいました」

えへへと頬をかくミレイは続けて、

「ああ、それから『呪い耐性をつけなさい』って言ったのもそのお姉さんです」

「「ッ!?」」

リオだけでなく、エルディスティアも驚きのあまり立ち上がった。

ミレイは二人の異変に気づかず、なおも続ける。

「前はちょくちょく現れてたんですけど、わたしが団に入ってからはぜんぜん姿をみせてくれないんです。なんだか寂しいからわたし――」

後ろで縛った黒髪を前に持ってきた。

「お姉さんと同じ髪型をマネしてるんです。そうすると、いつも一緒にいられるような感じがして安心するので」

リオは混乱の中、女神へ目を向けた。

しかし彼女もまた絶賛混乱中だった。

（心を読めない私だけど、リオ君が誰を想像したかはわかるよ。私だって〝彼女〟の顔が真っ先に浮かんだし、該当する人物がそれ以外に見当たらない。いやでもしかし、それはおかしい。あってはならない事態なんだ）

二人が頭に思い浮かべたのは、リオとミレイの母リーヴァ・ニーベルク。

しかし彼女は死んだのだ。

リオ自身が看取り、それゆえ女神は幼い兄妹の前に姿を現した。

少なくともエルディスティアは、リーヴァの亡骸がふもとの町の住民の手によって埋葬されたところも確認している。

死者を蘇（よみがえ）らせる魔法やスキルはこの島には存在しない。

だから女神の関与なくリーヴァが復活するなどあり得ない。あってはならないのだ。

「どうかしましたか？」

「……いや、ありがとう。ちょっと興味があっただけだから、気にしないで」

小首を傾げたミレイはすぐさまいつもの快活な笑みを咲かせ、

「それじゃあ、今度の今度こそ、わたし行きますね。リオさん、またお会いしましょう！」

何度も大きく手を振って、駆けて行った――。

長い沈黙の中、残されたリオと女神は目を合わせようとしなかった。

しかしリオはエルディスティアの雰囲気から、彼女もまた混乱していると感じ取っていた。

(考えても、仕方がない)

リオは再び曲刀を振るう。

「まだやるのかい?」

「うん。なるべく剣に振り回されないようにする体の動きとか、探っておかないと」

母の顔がちらついた。

それを振り払うように、ただひたすら手と足を動かした。


何時間経ったのか。

遠くの山に陽が落ちる。山の向こうが茜(あかね)に色づいたころ。

リオは汗だくになって大の字に寝転がった。荒い息を静めながら横を向けば、

「すぴー」

女神はどうやら夢の中にいるらしい。

「あのひと、一度寝たらなかなか起きないんだよね」

耳元でバケツをガンガン鳴らしても、大きく揺さぶってもびくともしない。

そんな昔を思い出して笑みがこぼれた。けれどすぐリオは表情を引き締める。

「ぜんぜんダメだ……」

今まで出会った冒険者たちの戦いぶりを頭に描き、彼らのマネをしてみたものの、相変わらず剣に振り回されてばかりだ。

出会った中には双剣使いもいた。それも一人ではない。

リオが見惚れる使い手もいたが、それを参考に体を動かしても、自分にはしっくりこなかった。

何か、間違っている気がする。

ミレイとの稽古を思い出す。

あれが今の自分にできる最大限だった。


——本当に、そうだろうか？


死を恐れず、ただ前に進む。

もちろんミレイの性格からしてこちらを殺しには来ないが、自分としては全力を出し切っていたはずだ。

それは間違いない、けれど……。

足りない。

何かが足りていない気がする。ステータス値はもちろん、技術もまったく足りていないが、それ以外の何かが……。

師匠はいらない。

いらないと思っていたけど、せめて参考になる『型』でも見られれば、この疑問は晴れるかもしれなかった。

そんな彼の願いが届いたのか。

「悩んでるねえ、少年。どら、いっちょアタシが相談に乗ってあげようじゃないか」

懐かしい声だった。

夢の中でも何度となく聞いた、勇気づけられる声音。

リオはがばっと起き上がる。

声の出どころに目を向けて、震えが止まらなかった。

「母、さん……」

ミレイと同じ、長い黒髪を後ろでひとつに縛った髪型。呪いに侵され痩せこけていた生前とは違い、スレンダーながら肉付きがよく引き締まった活力あふれる体軀(たいく)ではあったが、

「よっ、元気してたかい?」

にかっと笑うその顔は、紛れもなく母そのものだった――。

◆

死んだはずの母が、すぐそこにいる。

駆け寄って抱き着きたい衝動に駆られるも、それをしてしまえば儚く消えてしまいそうで、リオは激情を胸に仕舞いこんで戸惑う。

「あん？　なんだいシケた面してさ」

「どう、して……？」

「ここへ来たってか？　本当はアンタと会うのはずっと先のつもりだったんだけどね。あの子がぺらぺらしゃべっちまった。いや別に悪かないんだけど、それでアンタを悶々とさせとくのは可哀そうじゃないか」

「じゃあ、やっぱり貴女は、母さん、なの……？」

「『察しろ』。あいにくこう返すしかなくてね。なんつーか、墓から這い出してみたらあれこれ制限がつけられちまっててさ」

衝撃的な展開をまったく深刻に捉えていない様子で語る。

「素性は言えない。特定の誰かの名も呼べない。その他もろもろなんだけど、厳密すぎて逆に穴だらけ。伝える方法はいくらでもあるさね。この制限作った奴、相当なアホだわ」

思わずうなずきそうになったが、むにゃむにゃと寝言らしきが聞こえてきて押しとどめた。

だが今の話は嫌な想像を搔き立てる。

母リーヴァが生きていて、かつてのように笑って語り掛けてくれているのはとても嬉しい。

けれど蘇生は人には過ぎたる業。

女神が関わり、『制限』が付くというのなら、それは――。


「母さんは、この島に取り込まれたの……？」


人ではなく、冒険島エルディアスの一機能として存在が許されているに過ぎないのではないか？

ならば当然、いずれ別のかたちで相まみえたときは……。

「ほんっと。昔から聡い子だったけど、察しがよすぎるのも考えもんだねえ。こりゃまあ独り言だけど？　アンタが島の完全攻略を目指すってんなら、そのうちアタシが本来いるべき場所にやってくる。そんときはまあ――」

心底楽しそうな笑みを浮かべ、リーヴァは言い放った。


「覚悟しとけよ？」

決定的な言葉だった。

いずれリオが自らの意思で彼女に会ったとき、母は彼の『障害』として立ちはだかるのだ。

しかし、そんなのはあんまりだ。ひどすぎる。

個人的な感情を抜きにしても、史上最強の魔法剣士がダンジョンのどこかで冒険者を待ち構えているのは、どう考えても難易度調整に失敗している。

リオは視線を横に流した。

金髪の美女はよだれを垂らして幸せそうに眠っている。

さすがのリオも今すぐ叩き起こして問い質したい衝動に駆られた。

「おっと、そこのポンコツは起こすなよ?」

「どうして?」

「これまたちょぃと訳ありでね。アタシの存在をそいつは知らない」

リオは首を傾げた。

てっきり女神が母を生き返らせたものと思っていたからだ。

リーヴァはポリポリと頭をかく。

「ん～、要はそこのがマヌケって話さ。禁忌を犯しまくりで権能をいくつも失って、自分が作ったもんを完全にコントロールできてないんだなコレが。ま、この島はほぼ自動で動いてるから、あんま気にしてないんだろうけどね」

話しぶりから察するに、女神は無自覚で、母が生き返ったのはこの島の自動システムによるものらしい。

それが禁忌を犯しての結果ならば、

「僕の、せいなのかな？」

「いやいやいや。そこのポンコツ、アンタに会う前からいろいろやらかしてたみたいだからねえ。ま、知ればショックを受けるだろうし、言わないほうがお互いのためってね」

たしかに知らないうちにリオの母親が生き返り、島の機能に組み込まれたとなれば、女神はいっそう後ろめたい気持ちに苛まれるだろう。

だがいずれ知れる。

少なくとも自分が母と対峙する事態になれば、女神はきっと気づくだろう。

そうなったときのことを思うと、自身もそうだが彼女の心はかき乱される。

自分は、どうすべきなのだろうか？

と、リーヴァが半眼でこちらを見ているのに気づいた。

「な、なに……？」

「アンタさ、さっきから小難しい顔して、なに下らないことばっかくっちゃべってんのよ？」

「下らなくは、ないよ」

すこしムッとして言い返すと、リーヴァは盛大にため息を吐き出した。

「ったく、違うだろ？　せっかく会いに来たってのに、アンタが感情を押し殺してどうすんのさ？」

ぎくりとする。

その様子に一転してリーヴァは満足げにうなずくと、

「余計なことは考えなくていいんだよ。今アンタがやるっつったら、コレしかないだろ」

慈愛をたたえた笑みは母のそれ。緩やかに大きく、両の手を広げた。


「そら、おいで」


リオの中で何かが弾けた。感情が堰を切ったようにあふれ出す。

「う、ぁ……」

足が勝手に動いた。頭の中では在りし日の母との思い出が駆け巡る。

今のリオは、母を失った幼い子どもに戻り、

「うわあああぁぁああぁぁぁあぁぁっ……」

母の胸の中で泣きじゃくるのだった。

「おーおーよしよし。いっぱい甘えていいんだぞお？　でもちょぉっと声がでかいかな。そこのポンコツが起きちまうよ」

それでも泣きじゃくるリオ。

「ま、あいつは一度寝たら大声出そうが蹴飛ばそうが起きやしないし、いっか」

リオはひとしきり泣くと、リーヴァの胸から離れた。

鼻をすすり、涙を拭う。

「うしっ、とりあえず儀式的なもんは済ませたな」

リオはなんだか微妙な気持ちになる。

そんな息子の気を知ってか知らずか、さて、とリーヴァは腰に手を当て笑った。

「んで？　なにを悩んでいたんだい？　お悩み相談なんてガラじゃないしロクなこたあ言えないけど、乗るだけ乗ってやろうじゃないか」

リオは目を輝かせた。

なにせリーヴァは史上最強の双剣使いだ。その技術を継承できれば、今よりずっと強くなれる。

「僕――」

リオはまくしたてる。

自身の戦闘スタイルは定まっている。けれど双剣に振り回されてばかりでまともに戦える気がしなかった。ステータスや技術が足りない以前に、何か決定的なモノが欠けているように思う、と。

「なんだそりゃ？」

リーヴァが呆れたように言う。

「あー、いや、バカにしたんじゃないよ？　むしろ逆。ちょっと予想外っていうか、アンタ、もうそこまで来てたのか。てかいろいろすっ飛ばしてるねー。うんうん、いいぞぉー」

言っている意味がわからなかった。

「もっとこう、技術論とか心構えとかさ、んな基本的なことに悩んでたら指差して笑い飛ばしてやるつもりだったんだけどねえ。いや実際、基本の基本もアンタにはないんだけどさー」

言いつつもリーヴァは、あっはっはっと盛大に笑う。わりとひどい。

「基本なんざそのうち身につくもんさ。後回しにしたって構やしない。それよりなにより根本を固めなきゃね。特にアンタはそうだ」

「根本……？　基本とは違うの？」

「おうよ。でもってそれこそアンタの間違いさ。『戦闘スタイルは定まってる』っつったな。死なない特性を生かしてひたすら前に出る。うん、それはいい」

今まで誰にも――妹にすら理解されなかった戦い方を、母はあっけらかんと受け入れた。

心の底から喜びが爆発しそうになったが、次なる言葉にリオはごくりと喉を鳴らす。


「けど足りてない、い、い」


リーヴァは首をこきこき鳴らした。

「そこのが起きると厄介だ。やることとちゃちゃっとやりますか」

「やるって何を？」

「悩みまくる少年に、老婆心ながら指南をひとつ、ってね」

虚空に二つの魔法陣。それぞれから現れたのは、二本の棒だ。なんの特殊効果も付与されていない、ありふれた『ただ殴る』だけの木の棒だった。

リーヴァは左右の手でつかむと、ひゅひゅんと目にもとまらぬ速さで振るう。

あまりの速さにたじろぎつつ、リオは慌てて剣を拾って構えた。

「まずは大前提を伝えとくよ。アンタはね、どんな武器を使おうがやることは変わらない。双剣だろうが木の棒だろうが石ころだろうがおんなじよ。だから双剣がどーのこーのって余計な考えは、頭ん中からきれいさっぱり捨てちまえ」

「捨てる……？」

「ああそうさ。同じ双剣使いだからってアタシの『型』を盗もうとすんじゃないよ？　そもアタシには『型』がない。テキトーに振り回してるだけだからね」

「え……」

ただの棒を振るうたび、突風が巻き起こる。

それ以外にも空気がビリビリと震え、見えない『圧』にリオは立っているのが精いっぱいだった。

「んなガッカリした顔しなさんな。その代わりにちゃんと見せてやるさ」

ギラリと瞳が光った直後、

「しっかり目に焼き付けな。『史上最強』ってやつをね」

リーヴァが消えた――。

◆

陽は完全に山の向こうに隠れ、月明かりのみで薄暗い中。

リーヴァが消えた。

そう思った瞬間には、寒気を覚える笑みが目の前に現れていた。ぴくりとも動けない。

「おいおいどうした？　いい『眼』を持ってんだからよく見てろよ」

またも消え、声は背後から届く。

ぞわりとした怖気に急かされ、振り向きざま曲刀を横に薙いだ。

しかし虚しく空を斬る。

リーヴァはほんのわずか後退し、曲刀の切っ先は彼女の鼻先すれすれを通過していった。

「いいぞいいぞー、今のは惜しかったねえ。どうよ？　頭空っぽにしてやりゃあ、けっこう動けるもんだろ？」

言われて気づく。たしかに今は、剣に振り回された感じがしなかった。

「ほれボーッとすんな。戦りながらレクチャーしてやるからさ」

リオは無心になって二つの剣を振るう。

「アンタはステータスも何もかも、笑えるくらい底辺だ。けどべらぼうに〝経験〟豊富って強みがある。アタシだって死にかけたのは三回ぽっきりだし、実際に死んだのは一回だからね」

リオの猛攻を、リーヴァは容易く躱していく。

棒を握った両手は後ろに回し、鼻歌でも歌っているかのように楽しげに、文字通り紙一重ですり抜けていた。

「見てきたろう？　肌で感じてもきたよな？　死線を潜り抜けての〝経験〟は、嫌ってほどその体に刻まれるもんでね。下手に考えなくたって、体が勝手に動いてくれるもんさ」

不思議な感覚だった。

あれだけ扱い辛かった二本の曲刀が、今は自身の腕と一体化したように感じられる。むろんまだまだ気を抜けば重く圧しかかってくるが、軽く感じる確かな手応えもあった。

曲刀に救われている面もあるだろう。

持つだけなら手に馴染んだのがその証。

振り回して重く扱いにくいと感じたのは、ただ自分が未熟にもかかわらず、あれこれ考えすぎていたからだ。

「よし、ここはクリアか。驚くほど吸収が早いねえ。嬉しいぞお」

ぴとりと、リオの額に棒の先端が触れた。

また、見えなかった。

レベルが違う――格が違う――いやそもそも〝次元〟が違う。

（だって母さんはまだ、実力の片鱗（へんりん）も見せていない）

これが史上最強。

この島を攻略するには、頂上の見えない遥か高みに登らなければならないと突きつけられる。けれど――。

「んじゃ、次に進むかね」

重い衝撃に脳が揺さぶられる。リオは軽々と吹っ飛んだ。地面を背中で削っていく。

「悪いがアンタに経験値はプレゼントしてやれない。とりま今のでアンタのＨＰはゼロになったってことでひとつ。ほれほれ、なにいつまで寝てんだよ。死んでもすぐ復活するんだろ？　続けろ続けろ」

ぞくぞくと全身が総毛立つ。

たとえ母が本気の欠片も見せていなくとも、自分は今、確実に『史上最強』と相対しているのだから。

心の中で、リオは固有スキル発動のアナウンスを流した。

すぐさま起き上がり、一足飛びに間合いを詰める。

「ほい、足元がお留守～」

足払いでリオは宙を二回転。地面に叩きつけられ、続けざま木の棒がささやかに腹を突く。

「ほら、今も死んだ。そしたらどうする？」

ひと呼吸の間をおいて、リオは立ち上がりつつ下から曲刀を跳ね上げた。

リーヴァはわずかに上体を反り、楽々避ける。同時にリオが伸ばした腕を棒で叩いた。

「腕が一本飛んでったぞ？」

構わずもう一方で斬りつけるも、今度も木の棒を肘に食らった。

「これで両手がなくなったな」

「まだまだ！」

　リオは飛び上がりつつ蹴りを繰り出す。これまた簡単に躱されたものの、

「腕は元に戻った！」

　双剣で上から斬りつけた、が――。


「違うだろ？　剣は腕と一緒に飛んでった。回復したって戻って来やしない」


　キキィンと涼やかな音とともに、リオの双剣が空を舞う。

「想定が甘い。そこがアンタの足りない部分だ」

　リオは痺れた両腕をだらりと下げ、呆然と立ち尽くす。

「アンタは万の死線を潜り抜け、一級の冒険者たちの戦いを見てきた。けど自身が敵を倒した経験がほとんどない。だから間違える。想像が足りなくなる。死んで復活した直後の自分の状況、敵の反応も大荷物を抱えてたときとはたぶん違うぞ？」

　心を抉るような言葉が、意外なほど心地よかった。

「となると、どうよ？　アンタは何をやらなきゃなんない？」

　すでに答えは、母自身が教えてくれていた。

「実際に、経験する」

リーヴァは心底嬉しそうに、にかっと笑った。

「大正解。んな寂れたとこで空気を相手にしたって得られるモンは微々たるもんさ。寸止めしてくれる相手もおんなじだ。それよりなにより、ダンジョンの奥で敵さんに殺されまくってた方が万倍お得よ。レベルは上がるし技術も身につく」

とても母親がする助言とは思えないが、これこそ我が母だとリオは妙に納得した。

「そうだね。ありがとう。教えてもらわなければ、僕はずっと無駄な時間を過ごしていた」

「なに、これくらい遅かれ早かれ気づきはするさ。ま、これまで散々苦労してきたんだ。ちっとばかし近道したって誰にも文句を言われる筋合いはないさね」

リーヴァは木の棒を一本、肩に担いだ。

「んじゃ、アタシからの宿題だ。どこでもいい。星を一個付けてきな。そしたら次の講義といこうじゃないか」

星を付けるとはつまり、七大ダンジョンのうちどれかひとつを攻略して来い、という話だ。

「目標があったほうが、やりがいあるもんねえ」

レベル12の駆け出しに課すものではないが、さらりと言ってのけたのは信頼してのことだとリオは前向きに捉えた。

一方で不安もある。

まかり間違って最初の挑戦でリーヴァが待ち構えるダンジョンに当たってしまったら……。

「心配はいらないよ。アタシ、今めちゃくちゃ暇なんだよね。ホント誰も来やしない……」

どんよりとしてしまった。

要するに容易くたどり着ける場所ではないとの意だろう。

「もう、行っちゃうの？」

「やることた決まったんだ。アタシと遊んだって意味ないだろ？」

リーヴァは棒を一本、地面に刺す。もう一本は空高く放り投げた。

引き止めても無駄なのは承知。ならば次に会うときは、ずっと成長した姿を見せたい。

「がんばれよー」

踵を返して手を振るリーヴァは、霞（かすみ）のように消え去った。

「ぶごっ⁉」

すこーんと、女神の頭に木の棒が降ってきた。

「いったぁーい！　なになになんなの⁉　木の棒？　どっから⁉」

エルディスティアは頭を押さえながら涙目できょろきょろする。

どうやら今の今まで、完全に眠っていたようだ。

「ごめん、気分転換に振り回していたらすっぽ抜けちゃって」

「そ、そうなの？　ん、それじゃあ仕方ないね。眠りこけてた私も悪いいし」

全面的に母が悪いので、なんだか申し訳なくなる。だから今自分は困ったような顔をしていると思っていたのだが。

「あれ？　リオ君、なんだか爽やかな顔をしてるね。なにかつかんだ？　吹っ切れた？」

「うん。やるべきことは決まったよ」

「おー、悩んでたみたいだけど、その日に解決しちゃうとはね。さすがはリオ君だ」

母が現れなければ今も悩み続け、間違い続けていただろう。

正直に言えないのがもどかしかった。

「で、何を決めたの？」

ほんわかした女神に、リオはきっぱりと告げる。


「今からオベロンを攻略しに行くよ」


「へえ、これはまた急な——って、今から⁉　じゃなくて、いやそれもなんだけど、オベロン？　七大ダンジョンのひとつを攻略しに行くだって⁉」

リオはこくりとうなずく。

「たしかにあそこは七つのうちで一番難易度は低いけど、それにしたって急すぎない？　レベルを上げるにしても、他の小さなダンジョンで経験を積んでからのがよくないかな？」

「僕の目標はこの島の攻略だからね。必要があれば別のところに潜るけど、今はあそこが一番だと思っているよ」

堅実な道を『遠回り』や『寄り道』とは言いたくない。それでも最短の道が開けているなら、いくら険しくとも進むつもりだ。

（きっと母さんも、『そうしろ』って意味で宿題を出したんだよね）

見上げれば満天の星。

その下のどこかで、こっそり見守るひとつの影。

（いや、アタシの言い方が悪かったかもだけどさ。レベル12で突っこむかね？　ふつう）

リーヴァも想定外だった模様。

（ま、それもあいつの性分か。いったい誰に似たのかねえ）

もちろん無茶は母親譲りだ。

とにもかくにも。

リオは果ての見えない長き道のりの最初の一歩を、湖上迷宮オベロンに定めたのだ――。

第四章　湖上迷宮の罠（わな）

湖上迷宮オベロンは、島を五つに分けた区域の南地区に位置する。

始まりの町からも近く、周辺や内部の魔物の脅威度が他と比べて低いことから、七大ダンジョンの中では入門的に扱われていた。

島内最大の円形に近い湖には、大小さまざまな島が点在している。

湖の中央に鎮座するのは、巨大な水晶宮殿（クリスタルパレス）だ。その周辺——庭に当たる部分もクリスタル製の壁が無数に配置され、大迷路を形成していた。

上空からの侵入は許されない。見えない壁に阻まれるのだ。

ダンジョンへは島々にかかった透明な橋を渡って入る。

庭の迷路をクリアしても、今度は地下に潜らされた。最深部に到達すると宮殿の真下にたどり着けるので、そこから上に登って宮殿最上部を目指すのだ。

入り組んではいるが、実のところ踏破に必要な距離は七大ダンジョンで最も短い。

とはいえこのダンジョンには他にはない、侵入者を惑わす特別な仕掛けがあった——。


オベロンに入って三日。

リオは地上大迷路を突破し、地下第二階層を歩いていた。

周りは一面ガラス張り。天井も壁も、床さえつるつる。近場の町で飛ぶように売れる専用シューズをリオも履いていた。

広い廊下はどこを向いても似たような作り。進んでいるのか戻っているのか判然としない。

加えて厄介なのは、耳元でうるさい連中だ。

『お兄ちゃん、遊ぼ』

『そうね、そうだよ』

『わたしと遊ぼ』

『いいえわたしと』

『一緒に遊ぼ』

昆虫みたいな翅の生えた、手のひらサイズの小さな妖精。

彼らは魔物ではなく、ただの幻影だ。ゆえに斬っても叩いても焼いても凍らせても、消えることはなかった。

話しかけてくるだけでもうざったいのに、

『次は右だよ、お兄ちゃん』

『違うよ左。右には怖い魔物がいるよ』

『真っ直ぐ進もう』

『そこには罠が仕掛けてあるよ』

『うふふ、うふふ、どっちかな』

てんでバラバラに進む方向を示し、惑わそうとするのだ。ときには皆で一方向を示す。必ずしも嘘ばかりつくわけではないのが厄介この上ない。

加えてこのダンジョンは、その姿を目まぐるしく変える。一日や数時間といった生易しいものではなく、振り返ると今来た道が壁に閉ざされていた、というのもザラだ。

ゆえに地図は無意味。帰り道もわからなくなる。

この二つの特徴から、冒険者たちは精神をガリガリ削られていく。

七大ダンジョンでは入門的な位置づけながら、ここで島の攻略を諦める者も少なくなかった。

リオは妖精の囁きをまるっと無視して進む。

刻々と変化するダンジョンではあるが、魔物が寄りつかない安全地帯は各階層に備わっている。そこから外へ転移することも可能だ。

だから多くの冒険者がそうするように、リオも先を急いだ。

もっとも外へ出ようなどとは考えていない。

限定スキル【鑑識眼】を発動しっぱなしにして、なんとなく『こっちが安全』と感じた方に歩き続けた。

そのおかげか、大きな罠に嵌まることなく順調に進んでいる。あえて魔物がいると感じたところに突っこみ、経験値も稼いでいた。

『つまらないね』

『くだらないね』

『すこしはお話ししましょうよ』

応じて得など何もない。リオは一切を無視し続けた。むしろ思考に埋没することで知力(INT)や魔力(MAG)がわずかに鍛えられていた。

そして三日も付きまとっていると、幻の妖精たちにも何かしらの感情が芽生えてきたのか。

『あのね、そっちは魔物がいるよ』

『また殺されちゃうよ』

『すごく痛いよ？』

『もう見たくないよ』

いつしか同情されるようになっていた。

リオは構わずガラス張りの道を進む。別の道を行けば遠回りになるような気がしたので。

『ウゥゥ……』

すると前方に、人型の大きな魔物が立ちふさがっていた。

緑色の肌のでっぷりした巨軀(きょく)は二メートルもある。やたらと長く垂れ下がった大きな鼻が特徴だ。眼球は黒一色で、尖(とが)った耳。さらに鋭い二本の牙を持つ。

棍棒(こんぼう)を携えたそれは、メガ・トロールと呼ばれている。

以前ダリタロスで出会ったロウ・サイクロプスよりは弱いが、この階層では最強だ。レベル20ほどならどうにかなるが、今のリオでは苦戦が必至の相手だった。

でも突っこむ。

背負った小さなリュックを放り、二本の曲刀を抜いて先手を取った。

がら空きの胸板に一閃。

しかし不意をつかれたのにメガ・トロールは巨軀に似合わぬ機敏さで反応した。

斬りつけたが浅い。

メガ・トロールは怯まず、棍棒を薙いだ。

直撃すればただでは済まない。経験値は手に入るがわざと受ければガクンとその量も減る。

身を沈めてギリギリ回避した。

しかし今度は太い足が迫ってくる。

「ぐぅ……」

身を捻ったものの、強烈な蹴りを腕に食らった。剣はどうにか落とさずに済んだが、リオの動きが止まったその隙を狙われる。

「ぐはっ！」

棍棒の先端が腹にめりこむ。そのまま上へ殴り飛ばされた。天井に思いきり背をぶつける。

（マズい！）

ミシミシと体が悲鳴を上げた直後。

パリィン！

天井のガラスが砕けた。

このままでは上階へ投げ出される。そうなればすぐさま天井（上階から見れば床）が修復され、荷物が置き去りになってしまう。

不思議なことに、天井はもろいくせに床や壁は極めて硬く、仮に破壊できてもすぐに修復されるのだ（ちなみに上を目指す場合には天井と床の硬さが逆になる）。

道はすでに変化しているので探しに戻るのは絶望的だ。

せっかく手に入れたお金を諦めるのは嫌だった。

リオは必死に両手を伸ばし、曲刀を天井に突き刺す。幸いにも剣が刺さったところは砕かれず、なんとか押しとどまった。

眼下の魔物が視線を切っているのに気づく。リオが上階に飛ばされたとでも思ったのか。

「ふっ」

この隙を見逃しはしない。

まだ固有スキルが発動していないなら体だって動く。痛いけど。

剣を天井から抜き、すでに元に戻った天井を蹴った。

曲刀を重ね、一本の剣に見立てる。真上から、自身の全体重を乗せて頭部を突き刺した。

バキボキと、体の内から鈍い音。

今度こそ体の各所で骨が折れたらしい。

ぐらりと傾き、地面に落ちるその最中、

――固有スキル【女神の懐抱】を発動しました。

霞となって消えていくメガ・トロールを眺めつつ、リオはくるりと体勢を整え着地する。魔物を倒したのと死から復活したのを合わせ、けっこうな経験値が手に入った。すると、

――レベルが上がりました。

この時点でリオは、レベル17に到達したのだった――。


リュックを拾って歩き出そうとした。

しかし立ち止まって考える。

メガ・トロールはレベル16~17なら苦戦はすれど、致命傷を食らわずに倒すことも可能だ。

ただ今のリオはステータス値がレベル12付近のままなので、勝ちはしたがほぼ一方的にやられていた。

レベルが上がれば、倒したところでレベル差によるボーナス補正分が減少する。

一方でステータス値を上げて強くなれば【女神の懐抱】がなかなか発動しなくなるだろう。

どちらが得かと言われれば、死からの復活が経験値的には美味しい。

(でも、目的はこのダンジョンの攻略だ。いつまでも弱いままってわけにはいかないよね)

それにこのダンジョンでは、多くの魔物が徘徊（はいかい）しているのではなく『配置』されている。

だから死んだふりをしても立ち去ってくれない。倒して突破が大前提だ。

今の強さだと進むのも遅くなる。ここは多少の経験値を無駄にしても、すこしくらいは強くなっておこうと決めた。

「よし、ステータス値を上げよう」

『なにかしゃべったよ』

『独り言だね』

『ガン無視は続けているよ』

妖精たちに構わず、リオはリュックを背負ったまま腕立て伏せの体勢になった。

『なにかを始めたよ』

『筋トレみたいだね』

『ダンジョンの中で?』

『わけがわからないよ』

鍛錬と実戦。それらを愚直に繰り返し、リオはさらに三日後、湖上迷宮オベロンの地下最深部へと到達した――。

◆

ガラス張りで幅広の階段をリオは降りていく。

長く緩やかな螺旋(らせん)階段をどれほど下ったのか、いつしか周りを飛び回っていた妖精たちが姿を隠していた。

ようやく一番下にたどり着いた。ここまでにリオはレベル19に達し、ステータス値も16相当にまで上がっていた。

正面に見える大きな扉を引いて開くと、そこは――。


上から降りそそぐあたたかな光に目を細めた。木々が生い茂り、草花が風にそよぐ。

まるで温暖な森の入り口に見えるが、ここは紛れもなく湖の底の、さらに深い地下である。

ダンジョンにはその内部にいくつか、魔物が入りこめない安全地帯がある。

七大ダンジョンともなれば、一階層まるごと安全地帯であるのも珍しくなかった。そして今、目の前に広がる景色のように、地上と変わらぬ環境を提供していることもある。

一本道を進むと、すぐに森を抜けた。

次に現れた光景もまた、ここがダンジョンの奥底であるのを忘れさせる。

――町があった。


ダンジョンの奥底に人が住み、店を開いている。

特にこの湖上迷宮オベロンは時々刻々と姿を変え、帰り道が不確かとなるため、冒険者たちは先を目指さざるを得ない。

広く快適な安全地帯があればそこで冒険者たちを待ち構え、労いつつも商魂逞しい者たちがなんやかやと売りつけるのだ。

加えて〝始まりの町〟に匹敵する賑わいは、冒険者とここ〝オベロンの地下街〟に住まう商人たちによるものだけではない。

一般人まで訪れる、一大観光地にもなっているのだ。

「お？　荷物持ちの兄ちゃんじゃねえか」

「ホントだ、リオだ」

かつてリオを雇った顔馴染みが集まってきた。

「レベルが上がって荷物持ちは休業って聞いてたけどよ」

「お前、もう七大ダンジョンに挑戦してんのか？」

「しかも一人かよ」

「相変わらずやること無茶苦茶だな」

さらにリオのレベルを聞いて二度びっくり。その中の一人が不思議そうに尋ねた。

「でも君って、前にここまでは来てるよね？　どうしてわざわざ入り口から？」

リオはここどころか、湖上の水晶宮殿の最上階手前まで行ったことがある。

「〝マーカー〟は全部消しましたから」

正式名称は『到達の証（リーチ・マーカー）』。

ダンジョン攻略において、もっとも重要なこの島特有の機能のひとつだ。

安全地帯など、ダンジョン内にはいくつかそこへ到達した『証』を刻む装置がある。

リーチ・マーカーを装置に登録すると、ダンジョンの外へ、あるいはダンジョンの外から、その装置間で自由に転移できるのだ。『転移装置』と呼ばれるものの一機能である。

リオは荷物持ちとして七大ダンジョンのかなり奥まで進んだ経験が何度もある。

仕事上、冒険者パーティーが外に戻れば一緒に戻るし、再びダンジョンに入ればついて行く。また別の冒険者パーティーに雇われる際、彼らと同じ場所にマーカーがあれば仕事も受けやすい。

だから今まではリオもマーカーを消してはいなかったのだが。

「へえ、真面目なこったなあ」

別の誰かが呆（あき）れたように言う。

マーカーは自分でなら登録を解除できる。が、わざわざやる者はいない。

サポート役でダンジョンの奥に連れて行ってもらったとしても、その役割をこなしてなら誰もズルいだの卑怯（ひきょう）だのと誹（そし）りはしないのだ。

ただリオは、効率を捨ててでも『初めから挑戦する』ことを選んだ。

七大ダンジョンの攻略は並大抵の努力で達成できるものではない。

なにせ今までに一人しかクリアした者がいないのだ。

すこしでも『甘え』があってはいけない。そう、強く感じた。

雑談からリオを勧誘する話で盛り上がってきたので、リオはそそくさと退散する。


町の中心部にある広場へやってきた。

ど真ん中に、ぽつんと石碑がある。高さは一メートルほどだ。

そこに手を当て念じると、石碑がぽわっと光った。これでマーカー登録は完了だ。

地下街に長居する気はなかった。

リオは町を出て、湖上の巨大宮殿へ続く階段を目指した。

森を両断する道を進んでいると、木々の上に湯気が立っているのに気づく。

続けてそちら側の路傍に、『これより立入禁止！』との立て看板があった。看板には『迷宮管理局』とも書いてある。

立て看板を無理に越えようとすれば雷撃でも降ってくる結界が張ってあるのだろう。

（そういえば、この辺りに温泉施設があったっけ）

冒険者のみならず、一般の人たちにも人気のスポットだ。

ちなみに一般の人たちも一度は迷路や迷宮を通って地下街でマーカー登録しなくてはならない。

そのためのツアーが企画され、一部の冒険者はそれで稼いでもいた。

おそらく先に進めば温泉施設の入り口があるのだろう。ともあれリオはまったく興味がない。素通りしようとした、そのとき。

「ぴぎゃあぁぁあぁあぁぁぁぁあぁっ！」


絹を切り裂くような女性の悲鳴が聞こえ、木々のあちら側で湯柱が高く昇った。

叫び声が近づいてくる。

「出た、出ましたわーっ！　いぃぃーやぁぁあぁあぁぁぁああぁぁあ～！」

茂みから女性が飛び出してきた。肉付きの良い体にタオル一枚というあられもない姿だ。

頭部にもタオルを巻いているが、体が湿っているようには思えない。これから入浴、という場面で何かしらアクシデントがあったのだろう。

（エルフの女の人か）

長く尖った耳がその特徴。整った美貌を歪め、涙目どころか目を泣きはらしながら慌てふためいている様子だ。

彼女はリオを見つけると、

「お助けくださいませ～！」

ぎゅいんと走る方向を変え、リオに突進してきた。

立て看板付近の進入禁止結界は中から外へは何事もなく通過できる、のだが……。

リオはすすっと横に逃れた。

女性はハッとして急停止。

リオがさっきまでいたところの直前だった。顔を真っ赤にしてうつむき、体に巻いたタオルをぎゅっと握ってモジモジする。

「か、斯様なはしたない姿の女に、抱き着かれてはご迷惑ですわよね。大変失礼いたしましたわ」

「いえ、ぶつかると危ないかと思って避けました」

一転、エルフの女性はほわんとなる。

「そうでしたの。いえ、よくよく考えればわたくしも、幼げであるとはいえ見ず知らずの殿方に受け止めていただこうなど不作法と恥じまして、直前で思い直した次第ですわ」

ここに至って気づく。

タオルからはみ出しそうな胸元に、三つの『☆』が刻まれていることに。

レベルは60に迫る。攻防回復の全般に長けた、極めて高い魔法能力の持ち主だった。

「しかしながら、困りましたわね。湯殿を囲う結界は内から飛び出せても、外から内へは進入を許してくださいません。わたくし、斯様な格好で施設正面まで行かなくてはならないのでしょうか？」

縋るように見られても、リオにはどうすることもできない。

対応に苦慮していると、またも茂みから飛び出す誰か。

「ノーラさん大丈夫ですか？　あなたを驚かせたクモさんは、こうしてわたしが捕縛しましたのでもう安心ですよ！」

こちらもタオルを一枚体に巻いただけの、妹ミレイだった。

どうやらエルフの女性とは知り合い——というより、高い能力値からしてミレイが所属する団の先輩だろう。

「持ってきちゃらめぇ！」

クモごときで、とは思わない。誰にでも苦手なものはあるのだから。でも騒がしいのは勘弁してもらいたかった。

「って、あれ？　リオさん！」

満面の笑みでこちらに駆けてきたミレイに片手を突き出す。

「そこでストップ」

ミレイは素直にぴたりと止まった。

「こっちに来ると、君もその格好で道を歩かなくちゃならなくなる」

「はっ⁉　そういえばこんな格好でした！　お恥ずかしいです……」

恥じらいはあるようで、急にモジモジし始めた。

「この人は僕が送っていくよ」

自身の体格ではさほど隠せそうにないが、いないよりはマシだろう。

「ごめんなさい、お手数をおかけしますわね……」

しょんぼりした彼女——ノーラを先導しようと前を向いたそのときだ。

ビュオンと一陣の風が吹き、ズザザァッとリオの眼前を通り過ぎた大きな影。ノーラを庇(かば)うよう

に割りこんだその人物は――。

「ノーラの叫び声に急いで来てみりゃ……またテメエかよ、荷物持ち」

狼頭の剣士、ガルフだった。ぎろりとリオを睨みつける。

(なにか、怒っているような……?)

いまだ(苦手らしいクモへの恐怖で)涙を浮かべるタオル一枚の女性。

そこに居合わせた男のリオ。

傍から見れば大変な誤解を招くには十分だが、リオにはよくわかっていなかった。

ただガルフが何かしらに怒っていて、その原因はこの状況にありそうだとは感じている。限定スキル【鑑識眼】と通常スキル【危機察知】が自身の危機を告げている気がした。

とはいえ自分が何を言っても信じてもらえない雰囲気のようにも思える。

ならば――。

リオはガルフの向こうに声をかけた。

「状況を説明してあげてください」

「冷静かつ的確な判断ですわね!?」

驚いていないで早く説明してほしい。

ところが反応したのはガルフだった。

「必要ねえよ。おおかたその痴女エルフが虫にでも驚いてハチャメチャやらかしたんだろうぜ。テメエはたまたまここにいたんだろ？」

「不本意ながら鋭い洞察と認めましょう。けれども『痴女』とは聞き捨てなりませんわね！」

「裸同然で道端まで出てくるなんざ、まともな奴ならやらねえだろうがよ」

「否定はしませんけれども！　わたくしとてもテンパっていましたので！　と反論しておきますわ」

「けっ、いつまでも虫けらごときにビビってんじゃねえよ。戦闘中にやらかして仲間が危険になったらどうすんだ？」

「入浴間際で心がゆるゆるしていましたから、ちょっとびっくりしただけですわ。戦闘に集中していれば斯様な醜態は晒(さら)しません」

　ギスギスした言い合いを眺めて、リオは――。

「ちょい待てテメエ！　どこ行こうってんだよ⁉」

「貴方は状況を理解したみたいですし、そっちの女性の仲間なんですよね？　僕がここにいる理由はありませんから」

　先を急ごうとしたのだが。

「だから待てっつってんだろがよ。テメエ、なんでオベロン(こんなとこ)にいんだ？　見たとこ誰かに付いてきたようでもねえし、まさか荷物持ち風情が攻略しに来たとは言わねえよな？」

「荷物持ちは今、休業しています。レベルが上がるようになったので、このダンジョンを攻略しに来ました」

ガルフが何か言う前に、ミレイが目を輝かせて叫んだ。

「そうなんですか⁉　だったら――」

「うっせえぞクソちび！　今こっちが話してんだろうがよ！」

「クソちびって言われた……。ガルフさんってホント口が悪いですよねー」

「それでいて仲間想いな面を憚りなく表に出しますわよね。わかりやすいツンデレですわー」

ぐぎぎぎぎっとガルフは歯噛みしている。

「僕になにか話があるんですか？　だったら手短にお願いします」

「テメエはテメエでマイペースだな。まあいい、ちょいと付き合えや」

「えっ」

「あからさまに嫌そうな顔してんじゃねえよ」

「僕にはなにもメリットがありません」

「ぷっ、くくく……」

ノーラが笑いを噛み殺している。

「そこの女がぶら下げてる無駄にでかいのを隠すにゃ、オレだけじゃ足りねえんでな」

「悔しいからってわたくしをディスらないでくださいます？」

二人はバチバチと視線で火花を散らす。

ここで問答を続けても、それこそ時間の無駄だ。温泉施設の入り口は道すがらだし、そこまでなら同行を拒む理由はない。

「わかりました」

そうしてガルフと二人でノーラを隠しながら道を進み、温泉施設の正面で彼らと別れる――はずだったのに。


微かな刺激臭が鼻をつく。

乳白色のお湯に、リオは浸かっていた。

けっきょく強引に腕を引かれ、温泉に入ることになってしまったのだ。

「ふひぃ～、いい湯だぜ」

隣ではすこし間を空けて、ガルフが気持ちよさそうに息を吐き出す。

話がある風だったのに、ここまでの道中も今までも、ガルフは話を振ってこなかった。ようやくといった感じで、ぼそりと尋ねてくる。

「オメエ、今レベルはいくつんなったよ？」

「19です。ステータス値は16相当ですけど」

「じゅっ⁉　マジかよ……つい半月前はまだ1だったろうが」

「前に会ったときが、ちょうど12まで一気に上がったところでした」

それから一週間かけてステータス値を最大近くまで上げ、オベロンに入ってからレベルを七つ上げつつ、鍛えながら進んで今に至る話をかいつまんでする。

「頭痛くなってきたぜ……」

どう考えても異常すぎる成長速度だ。

（【進化極致】を持つあのちび助だって、そこまで早くなかったぞ……）

リオの噂は聞いている。嫌でも耳に入ってくるほど、今や島全体で注目の的だ。

二年で一億もの経験値を稼いだ少年。

その稼ぎ方も常軌を逸していて、死にかけて復活を繰り返すというものだ。

「レベルが上がんのはわかるが、ステータス値までえらく上がったもんだな」

やり方を説明すると、ガルフは頭を抱えた。

「オマエいつか死ぬぞ？　ああ、いや、死なねえんだったか。くそっ、頭こんがらがってきやがった」

リオは頭がぼーっとしてきた。長く湯に浸かることがないため、のぼせかけているようだ。

だからか、ここまでに感じていたことが口に出た。

「ガルフさんは、僕のことが嫌いなんじゃないんですか？」

「オレは弱え奴が無茶すんのが大っ嫌いだ。けどオマエの場合は、固有スキルの特性ってのがあるからよ。判断がつきかねてるとこだ」

ガルフは遠くを見つめて言う。

「たしかにオマエのスキルがありゃあ、レベルが低いうちから七大ダンジョンに突っこむのもいいんだろうよ。けどなあ……、くそっ、言葉が見つからねえ」

「僕の戦い方が特殊なのはわかっています。他の人は納得できないんだろうなって」

「……オマエがソロでやってる理由はそれか」

「そうですね。変に気を遣わせるのが嫌なのも理由のひとつです。一番は、僕が戦闘不能になった一瞬の隙をつかれて、パーティーに迷惑をかけることですね」

「……」

沈黙がそよ風に運ばれてくる。

いよいよリオは、意識が薄れてきた。

「体は完全に回復しても、見えねえとこでどっか壊れちまってるかもしれねえ。オマエ、本当に今のままでいいのか？」

何かいいことを言っている気がしたので、どうにか聞き取ってはみたものの。

「一回しか言わねえぞ？　これっきりだ。だから即答はすんじゃねえ」

限界が、近づいてきた。

「うちの団に来い。オレが団長に推薦してやる。オマエのやり方に文句は言わねえし誰にも言わせねえ。隙ができたらフォローもしてやるし、変に遠慮するような連中でもねえからよ」

ガラではないとの自覚はガルフにもあった。

弱者が無茶をするのが許せない気持ちは燻（くすぶ）っている。

それでも思ってしまったのだ。

（もったいない、なんてよ）

ガルフは反応を窺(うかが)おうと、真摯にリオへ顔を向けた。

「ってオイ、顔真っ赤じゃねえか⁉」

それどころか湯に沈みかけている。


――固有スキル【女神の懐抱】が発動しました。


「大丈夫です」

「いきなりシャッキリしやがった⁉」

気を失いかけたところでスキルが発動し、リオは完全に回復したのだ。

「地味なとこでも便利すぎんだろ、それ……」

「心配してくれてありがとうございます。でも僕は今のままを変えるつもりはありません」

「だから即答すんじゃ――まあいい。いちおう気が変わったら声かけてくれや」

「？　はい」

リオが聞き取れていたのは『今のままでいいのか？』というところまで。団に誘われたとは思いもしていなかった。


そろって湯殿を出て、リオは装備を整えた。

ガルフが別れ際、「よく考えとけよ」と言っていたが、リオにはなんのことかさっぱりだ。

時間を食った。

実のある話は聞けたような聞けていないようなあやふやさ。

それでも無駄な時間を過ごしたとは感じなかった。不思議だ。


リオは足早に進み、ダンジョンの先へと続く大扉の前に立った。

ここからは、今まで以上に強力な魔物がいて、面倒な罠もあちこちにある。

（特に螺旋階段を上がってすぐの、フロアボスが厄介だ）

単身で倒すにはレベル35は必要とされる相手だ。何度も何度も倒されてレベルを上げ、ステータスも併せて高めなければならない。

（何日かかるかなあ）

こればかりはやってみなければわからない。

むんっと気合を入れて大扉に手をかけた、そのときだ。


「リオさん、がんばりましょう！」

「ふふ、この先は久しぶりですから、ちょっとワクワクしてきましたわ」

背後からの声に振り向くと、ミレイとノーラがにこにこしていた——。

◆

先へ進もうとしたリオに声をかけてきたのは、ミレイとノーラだった。

ミレイは刀を腰に差し、母とは知らずに真似たポニーテールを揺らしている。

ノーラは金髪をまとめ上げてベールで覆っていた。白い聖職者風のゆったりした衣装を身にまとい、手には先端に宝石が埋めこまれた木製の杖(つえ)を握っている。

いつでも戦える、そんな出で立ちだ。

「ミレイも攻略に行くの?」

「はい! あ、いえ、わたしは地下迷宮の探索の合間にこっちをちょっとずつ進めてて、今日は休暇なんですけど、リオさんが行くならご一緒したいなあって……えへへ」

「ちなみにわたくしは付き添いですわ。リオ様のお邪魔はしませんからお気になさらず」

(……『様』?)

さておき、リオはしばし考える。

ミレイのレベルは33。豊富なスキルや魔法、一般以上のステータス値の伸びを考えれば、フロアボスを単身で倒すのも可能だろう。

フロアボスは倒されると一日後にまた復活する。復活までの間は倒した者以外、先への扉はくぐれないため待たなくてはならなかった。

もし自分が先に戦えば、ミレイにフロアボス攻略のヒントを与えられるかもしれない。

（まあ、先輩たちからいろいろ聞いてはいるか）

となれば逆に、自分がミレイの戦いを見て参考にさせてもらえる。

ただリオも荷物持ちをしていたときに何度かここのフロアボスの討伐を見ているので、ある程度の知識はあった。

さほどタイムロスにはならないし、そもそも自分の都合で誰かに『待て』とは言えない。

今日はミレイに譲るとしても、メリットは少ないが大きなデメリットがあるわけでもなかった。

「うん、じゃあ一緒に行こうか」

「ありがとうございます！」

大扉を開け、三人で螺旋階段を上っていく。

「ミレイはこのダンジョンを攻略したと思っていたよ」

「あー、この星ですか」

ミレイは首筋の『☆』印を居心地悪そうに掻(か)く。

「これは別のところで団の皆さんについて行って、おまけで手に入れたものでして……」

「おまけとは語弊がありますわね。ミレイちゃんはダンジョンボスとの戦闘にも参加していましたし、きちんと働いていたじゃありませんの」

「ダンジョンボスさんの周りをちょこまか駆け回ってただけですよ」

「敵の目を引き付ける危険な役割ですわ。それが認められたからこそ、星が貴女にも授与されたのです。謙虚さは美徳ではありますけれど、自身を過小評価するのはよくありませんわね」

「そう、ですね。はい！　わたしがんばりました！　えへへ……」

二人のやり取りを聞き、リオは安堵する。

（いい仲間に恵まれているんだな）

ノーラだけでなく、言動の荒いガルフもリオを心配している風だった。ミレイが以前言っていたように根は優しいのだろう。

リオは直接かかわっていないが、ミレイの団のメンバーは高い実力を兼ね備えた個性派ぞろいだと聞く。そういうところで揉まれれば強くもなるし人間的にも成長する。

ひたすら階段を上っていると、いつしか妖精たちが姿を現した。

『見てよ見てよ』

『女連れだよ』

『びっくりだね』

『こっちには見向きもしないくせに』

以前より視線が鋭くなっている気がするのはなぜなのか？

変わらず無視するリオとは対照的に、

『やめておきなよ』

『朴念仁だよ』

『ちっとも楽しくないよ』

「いいえ！　リオさんとお話しするのは楽しいですし勉強になります」

『お姉ちゃんはどうなの？』

『あんなのが好みなの？』

「うふふ、わたくしはどちらかと言えば見守るのが好みですわね。まだ男女のなんたるかを知らぬ純真無垢（むく）な少年少女の恋模様を陰ながら応援しつつヤキモキするのがたまりませんの」

『まくしたてたね』

『ドン引きだね』

「他人の嗜好（しこう）にケチをつけないでいただけます？」

二人は楽しく（？）おしゃべりしている。

そうこうするうち長い螺旋階段を上りきり、四方がガラス張りの廊下に出た。

このフロアのどこかに、フロアボスがいる。

「こっちへ進もう」

リオはなんとなく『最短ルート』と感じた方へ歩き出す。

「【鑑識眼】をお持ちの方がいると助かりますわね」

「まだ完全に使いこなせているか怪しいので、油断はしないでください」

言いつつ、リオは先頭を歩く。もし罠が仕掛けられていても、引っかかるのは自分だけだ。ミレイやノーラならそれを見て回避行動が取れるだろう。

「リオ様、つかぬことをお伺いしても？」

「なんですか？」

「仮に貴方が罠に嵌まって固有スキルが発動した場合、どれほどの経験値が得られますの？」

「それほど多くはないですね」

わざと魔物にやられるのと同程度だ。

「となるとレベルが上がりつつある現状、あまりお得ではありませんのね」

「まあ、そうですね。できれば罠に嵌まりたくはありません」

もちろん【鑑識眼】で集中し、なるべく引っかからないようにするつもりだ。ただ罠の種類によっては間に合わない場合もあるだろう。

「……」（じーっ）

「……」（じーっ）

二人がリオの背を真剣な顔つきで見つめてきた。

「な、なに……？」

視線を感じて尋ねると、二人は交互に応じる。

「リオさんの性格からして、先頭を譲る気はないと理解しています」

「だからと言って、わたくしたちがただ貴方に任せるだけとお考えになっては困りますわ」

「リオさんのピンチは」

「わたくしたちにお任せあれ」

これでは先を歩いて罠を見つける意味がないように思う。

（……僕も気を抜いちゃダメだな）

リオはいっそう神経を尖らせて、罠がない道を選び続けるのだった――。


ミレイが変幻自在のステップで、首なしの鎧騎士を翻弄する。大剣の大ぶりを後退しながら躱すその最中、ひゅんと刀を一閃。二つの手首をまとめて斬り落とした。

「リオさん、今です！」

言われて背後に回りこみ、鎧の胴部分にある隙間に曲刀を刺した。持ち上げるようにして隙間を広げ、そこへもう一本を思いきり突き刺す。

首なし騎士はガクガクと震えてのち、ガッシャーンとその場に崩れ落ちた。

「ありがとう。ミレイがかなりＨＰを削ってくれたおかげだね」

「いえいえ。リオさんの最後の一撃もお見事でした」

罠を避けて進めば、魔物と遭遇する機会が多くなる。

敵を倒した際はレベル差によるボーナス補正があるため、パーティー戦ではレベルの低い者がとどめを刺す役に回り、全体としての経験値取得効率を高めるのが基本だ。

むろん主力の成長を優先するなどケースバイケースだが、今回はリオが最後を決めることが多かった。

おかげでレベルがひとつ上がり、切りのいい20に到達した。

「さて、いよいよだね」

「はい、いよいよですね」

見据える先は廊下が広がり、大きな扉が待ち構えていた。

「あの先にフロアボス——ギガ・トロールがいるはずだ」


「このダンジョンにいるメガ・トロールの上位種ですね」

「うん。大きくてＨＰが高いくせにけっこう素早い。でも君なら十分対応できるとは思うよ」

リオの励ましにもミレイはむんっと気合を入れる。

「道中で話したとおり、僕が囮になる。今のレベルだと戦力としてほとんど機能しないだろうから、ミレイは僕にかまわず好きに動いてくれていいよ」

「できればもっとこう、協力プレイ的なものをですね……」

「でも本当なら、君一人でやらなくちゃいけないことだろう?」

視線をミレイの横へ。ノーラがほわほわした表情で受け止める。

「ええ、ミレイちゃんは団長から『オベロンの単独攻略』を課せられていますわ。ただ酷なことを言ってしまいますと、先ほどリオ様自身がおっしゃったように今の貴方は戦力たり得ませんの。わたくしからあえて口を挟むことはしませんわ」

はっきりとした物言いで、逆にノーラへの信頼感が増した。ミレイが窮地に陥れば、彼女は絶対に守ってくれる。

　過保護のようにも思えるが、ミレイは島の完全攻略を目指すうえでの貴重な戦力だ。こんなところで失うわけにはいかないだろう。

「じゃあ行こうか」

　リオが大扉を押し開ける。

　音もなくゆっくり開かれた先には、広い広いガラス張りの部屋があった。

　その中央に佇む、巨大な魔物。

　姿はこのダンジョンで出会ったメガ・トロールとそっくりだが、その巨軀は二倍に迫る。両の手に巨大な水晶の棍棒を握り、真っ黒な眼球をぎろりと三人へ向けた。

　リオもよく知るフロアボス。

　しかし三人は予想外の事態に困惑した。

「どういう、ことですの……？」

『うふふ』

『うふふ』

　驚きの声はノーラのもの。

　ギガ・トロールの周囲を、瓜二つの女性が二体、浮遊していたのだ。

背中には虫のような翅が生え、顔は白塗りの仮面のよう。

「妖精さん、でしょうか？」

ミレイの疑問に、リオはきっぱりと否定を返す。

「いや、あれは魔物だ。しかもそれぞれレベルが30もある」

単純に考えて、このフロアボスの攻略難易度が三倍近くに上がっていた――。

◆

フロアボスが増えていた。

一体だったのが、別に二体も加わっている。しかもレベル30で、難易度が格段に跳ね上がっていた。

ノーラが困ったように言う。

「ええっと、フロアボスが入れ替わることはありますけれど、追加されるのは聞いたことがありませんわね。それにあの二体、初めて見ますわ。新種なんてどれくらいぶりでしょうか？」

ここ何年かは報告がない。おそらく十数年ぶりだろう。

そしてここのフロアボスが追加されている話もリオたちは聞いていなかった。これまたおそらくだが、初めて出会ったのが自分たちだろう。

（よりにもよって、なんで『今』なんだ……）

妙な感覚に囚われるも、それどころではないと思考を切り替えた。

「困りましたわね。これ、どういたしましょう？　いったん帰ります？」

まだ広い室内には足を踏み入れていないので、フロアボスたちは襲ってこない。だが警戒はしているようだ。

ちなみに部屋の外から攻撃すると扉が閉まり、しばらく開かなくなる。

「僕のやることは変わりません。二人は戻ってください」

言った直後、しまったと思った。

「わ、わたしもがんばりたいです！」

リオが残ると言ったことで逆にやる気に火をつけてしまった模様。

「ミレイちゃん、えらいですわ。わたくしも応援しますわね♪」

こちらも止める気はないらしい。

「とはいえ状況がイレギュラーすぎますわ。せめて新種の能力がわかればよいのですけれど」

ノーラが期待に満ち満ちた瞳でリオを見た。

リオは限定スキル【鑑識眼】で浮遊する二体の魔物のステータスを調べる。

「魔法特化型ですね。攻撃魔法は二つ。範囲攻撃と強烈な一撃、いずれも水系統です。防御系はありません。ただ……強力な回復魔法と、厄介な回復系スキルを持っています」

魔法は他者のＨＰを大幅に回復させるもの。

そして自身が倒された際、他の魔物に対して継続的にＨＰを回復させる状態を付与するスキルを持っていた。

　ノーラがほんわかと言う。

「つまり、ただでさえＨＰの高いギガ・トロールをちょいちょい回復させ、それを防ごうと先にあの二体を倒したとしても、回復状態を付与して退場する、と。面倒くさいですわねー」

「俊敏（ＡＧＩ）はレベルのわりにかなり低いですね。ＨＰはそこそこですけど防御は大したことありませんし、耐性系のスキルも持っていません」

「なるほど。手順としては新種二体をまず撃破し、回復が追い付かないペースでギガ・トロールのＨＰを削っていく、という感じですわね」

「言うほど簡単じゃありませんよ」

「けれど無理でもない、ですわね。初見で相手の能力を把握できたのは大きいですわ。お二人でもよい戦いはできるとわたくしは思いますの」

　あくまで付き添いに徹するらしい。

「リオさん、がんばりましょう！」

　以前ガルフに対して見せたように、ミレイは愛らしさを消し去り眼光鋭くリオを見つめる。

「わかった。でも無理はしないでね。君は僕と違って、死んでしまうかもしれないんだから」

　ミレイは真摯にうなずいた。

「作戦の大筋は変わらない。僕がギガ・トロールの気を引いているうちに、なんとか一体、空飛ぶ魔物を倒すんだ」

「はいっ！」

「僕が戦闘不能になったらいったん退く。じゃないと下手をすれば三体が君に集中してしまうからね。そして僕が全快してこちらに注意が向いたら、気兼ねすることはない、後ろからドンといっちゃって」

「うぅぅぅ……はいっ！」

「いい返事だけど納得していないみたいだから重ねて言っておくよ。僕に注意を払うのは『退く』か『残る』かの判断材料にするときだけだ。間違っても『手を貸そう』とか『助けよう』とかは思わないこと。いいね？」

「………でも、痛いですよね？」

「慣れた！」

「たぶん強がり！」

まあ、事実そうなのだが。

「そこを納得してもらわないと一緒には戦えない。僕は足手まといになりたくないんだ」

「納得はできませんけど承知しました。わたしの我がままでご一緒してもらうんですし」

渋々のようだが、彼女も日々命を賭けて戦う冒険者だ。私情を挟みはしないだろう。

そんな二人を、ノーラはとろんと眺めていた。

（ああ……、少女を想いながらも突き放し、少年を慕いながらも想いを押し殺すこの感じ……尊いですわぁ。恋愛感情にまで膨らんでいないのもグッド！　といいますか、お二人はむしろ仲良し兄妹という感じですわね、見た目的に。それもまたよし！）

わりと確信をついていた。

「じゃあ行こう」

「はい！」

リオが先行する。

浮遊する二体の魔法攻撃を警戒しつつ、ギガ・トロールの側面へ回りこもうとした。

「え……？」

呆けた声を出した次の瞬間には、

ドゴォッ！

「ぐあっ！」

ギガ・トロールが振り回した棍棒の直撃を受けていた。リオを迎え撃つのではなく、動きに合わせて一足飛びに接近してきたのだ。

「リオさぁ――――んっ！」

遅れて飛び出したミレイは彼の名を呼びつつも、素直に回れ右して引き返す。

――固有スキル【女神の懐抱】が発動しました。

経験値は稼げたものの、リオはちっとも嬉しくない。

（なんてスピードだ。僕だって警戒はしていたのに……）

見かけによらずかなり素早い。ステータスを事前に確認して俊敏が高いのは知っていたが、実際に目の当たりにすると想像を超えた機敏さだった。

立ち上がって身構える。三体は逃げる途中のミレイに視線を集めていた。

「おい！　僕はまだ生きているぞ！」

叫びつつ考える。

力の差は歴然。それをわずかにでも埋める術がない。ミレイに能力アップ系の魔法はなく、それを持つノーラは静観の立場を崩していなかった。

（集中、集中だ……）

浮遊する二体を気にしていては、ギガ・トロールの速さを目で追うことすらできない。

しかし二体から気を逸らすと今度は巨軀の上から、

『うふふ』

『うふふ』

二体の前に水の渦が出現し、まさしく暴風雨のような水の弾丸が無数に放たれた。

リオは【鑑識眼】と【危機察知】、さらに【集中】スキルを駆使して双剣を振るう。

（重い、けど防げる……でも！）

ゴンッ、と。

またも巨大な棍棒で吹っ飛ばされた。

固有スキルが発動し、リオは全快する。

(これじゃあ同じことの繰り返しだ)

そう考えたのはミレイもだった。

「こっち！　こっちにもいますよーだ！」

突進してきた彼女に、上空の二体が体を向ける。

見守るノーラは思う。

(これは致し方ありませんわね。リオ様が倒されながらもギガ・トロールを引きつけ、残る二体のうち一体を、どうにかしてミレイちゃんが倒す以外に道はないでしょう。逆にそれが為せれば、状況は一気に好転しますわ)

ミレイもそれを狙っての突撃だろう。だが――。

(それじゃダメだ。一対一ならミレイが勝つ。だから二体を相手にさせちゃいけないんだ！)

リオは右手にぐっと力をこめ、

「お前はこっちを向けえ！」

曲刀を思いきり投げつけた。

『ぎゃあああぁあぁぁあああっ！』

驚いた。

ぐるぐる回転して飛んでいった曲刀が、ものの見事に浮遊する一体の肩に突き刺さったのだ。

もちろんそれだけで倒せる相手ではない。けれど当たらなくても注意が向けばいいと考えていただけに、幸運以外のなにものでもなかった。

そしてこの幸運を、竜の姫と謳われた少女が逃すはずはなく――。

「一刀……七閃！」

無事な一体から放たれる水弾の嵐をかいくぐり、ミレイが跳んだ。

ひと振りで七つの閃き。そう見えるほどに速く鋭い剣撃が、兄によって動きがわずかに封じられた魔物に襲いかかる。

『――ッ！』

断末魔の叫びを上げる間もなく、ミレイが着地すると同時に魔物は霞と消えていった。カランと曲刀が地に落ちる。

（すごい……。たった一撃で……）

厳密には七度斬りつけているが、一回の攻撃という意味では同じだろう。

魔物のＨＰはけっして低くなかった。レベル相応といっていい。

それを斬って捨てたのだから、まさしく『必殺』の攻撃だ。

「やりました！　そしてリオさんごめんなさい！」

なにを謝るの？　との疑問は次の瞬間に氷解する。

見惚れていたリオがギガ・トロールに蹴り飛ばされたのだ。

それを見越し、言いつけ通りに退いたミレイは素直な子だと感心する。

一方で、後ろ髪を引かれるように走る小さな背中が目に入り、辛い役目を負わせていると申し訳なく思った。

（やっぱり僕は、誰かと一緒に戦うのは無理だな）

ともあれ、だ。

「これでかなり楽になった」

ギガ・トロールには継続回復の魔法が付与されたものの、二人に対して二体。自分が巨軀の魔物を引きつけておけば、ミレイならもう一体を倒すのは難しくない。

（それであと何回僕が死にかけるかという話でもあるけど）

数は極力少なくする。そうすればミレイは一体に集中できるのだから。

「それではリオさん、反撃です！」

「うん！」

ミレイが駆け出すのに合わせ、リオは曲刀を拾うべく走った――。

◆

「んだあ？　ありゃ」

ノーラとミレイに置いてけぼりを食らい、彼女らの意図を察したガルフは全速力で追いかけてきた。

ようやくフロアボスの部屋の入り口へやってきたら、すでにリオとミレイが戦っている。

ガルフは空飛ぶ見慣れぬ魔物に眉をひそめた。

「あらガルフさん、もう追いついてきましたの」

「ノーラ、テメエ先走りやがって。まあそりゃあいい、つーかありゃなんだよ？」

「新種のようですわね。先ほどミレイちゃんが一体撃破しました」

ノーラは簡潔に状況と新種の特性を説明する。

「また厄介なこったな。デカブツ一体ならそうでもねえのに、新種が入ったとなりゃ難易度が跳ね上がるぜ。けど、いきなりすぎねえか？」

「女神の思惑などわたくしどもに理解できようはずはありませんけれど……。団長がおっしゃっていましたわね。『最近のダンジョンはどこかおかしい』と」

「団長の『勘』レベルを超えてなかったけどよ、『変化』を目の当たりにしちまったら、笑って済ませられねえな」

むろん一例をもって断ずるのは早計だ。考えたところで結論に至るはずもない。

「で、新種は一体倒したってのに、こりゃどういう状況だ?」

「楽になったと思ったのですけれど……また苦戦していますわね」

ノーラの言葉どおり、状況は進展するどころか逆に押されていた。

原因は明らか。

リオがまったく動けずにいるからだ。

浮遊する成人女性型の新種が二人目掛けて同時に魔法攻撃を仕掛けている。リオは水弾の嵐を捌くのがやっとだった。

ゆえにミレイは巨軀のギガ・トロールとの対峙を余儀なくされ、しかも上からの魔法攻撃と、何倍も違うリーチの差で巨体に近寄れない。

「よく一体倒したもんだぜ」

「魔物だって学習はしますもの。リオ様が注意を引こうにも、相手にされなくなっていますわ。すこし時間をかけすぎてしまったようですわね」

もっとも、時間をかけることで有利に働くこともある。

「あのふわふわ浮いてる奴のMPは、まだなくなんねえのか?」

「上位の魔法を連発していますものねえ。そろそろだとは思うのですけれど……」

実際どうなのかは、リオがすでに把握していた。

(もうすこしだ。もうすこしで、敵のMPが尽きる)

自分がギガ・トロールの気を引くつもりが、向こうの戦術変更で叶わなくなった。

しかしリオたちも無策ではなかった。『時間をかけて浮遊する一体のMPを枯渇させる』作戦に切り替えたのだ。

特に告げたわけではないが、ミレイはリオの考えを汲み取ったらしく、無理せず防戦に徹している。

ただこれだって綱渡りには違いない。

なにせ時間をかければ、こちらも不利になる事態が予想されるのだから。

（ミレイの疲労がかなり溜まっている……）

死から復活して全快するリオとは異なり、ミレイは傷の回復しか行えない。疲労は蓄積され、さらに刀の呪い効果でステータス値が減少し、二つが合わさり動きが鈍ってくる。

ここは一度部屋から出てもらい、疲労を回復させる必要があった。

指示しようとしたその前に。

「どっかん！」

ミレイは光の砲弾を新種へ放つ。ほんのわずかに生まれた隙をついた魔法攻撃だ。

「一刀、七閃！」

続けざまギガ・トロールへ斬りかかった。

完全に不意をつけたので、攻撃は巨軀を直撃する。しかし――。

『ウウウウ……』

さすがにＨＰがべらぼうに高い魔物だ。

かなり削れはしたものの、一撃では仕留められなかった。

そうなると、当然。

ぽわっとギガ・トロールの巨軀が光を帯びる。新種が回復魔法をかけたのだ。継続回復の効果も加わり、削ったＨＰのほとんどが回復してしまった。

ミレイはリオの側に着地すると、再び襲いくる水弾の嵐を弾きまくる。

「僕には構うなと言ったよ？」

「あともうちょっとですよね？　だったら一緒に耐え忍んだほうがいいかなと思いまして」

「それよりも、君はまず疲労を回復すべきだよ」

魔法攻撃を素早く受け流しつつ、ん？　とミレイは小首を傾げる。

「わっ、ホントですね。ぜんぜん気づきませんでした……」

自身のステータスを確認して、ようやく彼女は理解する。

「ともかく一度下がって回復してほしい。君がこっちへ戻ってくるころには、あいつのＭＰも無くなって――？」

突然、敵の攻撃が止まった。ギガ・トロールも動きを止める。直後だった。

広い部屋全体が、ぶわっと光を増したかと思うと。

「なっ⁉　新種のMPが回復している⁉」

フロアボスやダンジョンボスがいる部屋は、何らかの仕掛けが施されている場合がある。それがルーム・ギミックだ。

けれどこの部屋には、こんなギミックは今までなかった。

リオは直接確認していないが、これまでこの部屋に来た【鑑識眼】を持つ冒険者が、『ルーム・ギミックはない』と報告していたのだ。

（僕のミスだ。新種が追加されていたのに、部屋の確認を怠ったから……）

しかしこれは明らかに、挑戦者が不利になる難易度調整だとリオは歯嚙みした、のだが。

「リオさん大変です！」

「まだ何か？」

「なんとわたしのMPも回復しちゃいました！」

「えぇ……」

敵にだけMP回復効果がもたらされるのでないなら、一方が不利とは言い切れない。

たった今確認したところ、ギミックの発動条件は『戦闘に参加する誰かのMPが10％を切ること』とあった。対象は魔物を含めた『全員』だ。

ならば大魔法を連発して攻略できる。とはいえ、今のリオたちにそれは不可能だが。

「とにかくミレイは一度下がって」

「えっ、………はい！」

飛び出したミレイを援護すべく、リオはギガ・トロールへ突っこむ。棍棒に叩きつぶされたものの、ミレイは遠くへ逃げおおせた。

「また振り出しに戻っちまったなあ」

お気楽な調子で迎えたガルフを、ミレイはキッとにらみつけた。目に涙を浮かべている。

「な、なんだよ……」

たじろぐガルフに構う時間が惜しい。

荷物の中から小瓶を取り出しごくごく中身を飲み干した。疲労回復薬だ。しかし一本では足りず、もう一本を取り出そうとして。

「あっ」

危うく落としそうになった。

「ミレイちゃん、慌てないことですわ」

「で、でも……」

悔しいがガルフの言うとおり、状況は振り出しに戻った。

早く自分が戻らなければ、リオは二体を相手に傷つき、また何度も殺されかけるのだ。

「貴女のお気持ちは痛いほどわかりますわ。焦り、逸るのも致し方ありませんわね。けれどあれを見れば、すこしは落ち着くのではなくて？」

ノーラが指差した先。

振り返ったミレイが、見たものは。

レベルで圧倒する二体の魔物を相手に、避け、弾き、躱し続けるリオの姿だ。戦闘不能に陥ることもなく――。

◆

また最初からやり直しだ。

ＭＰ回復のギミックは何度でも発動する。敵のＭＰの枯渇を待つ作戦は意味を成さない。

けっきょくのところ手持ちの札を考えれば、当初の作戦に従って『ミレイと浮遊する新種の一対一』という状況を作らなくてはならないのだ。

だが相手が戦術を変えた以上、それも難しい。

ギガ・トロールはミレイがいればリオにはまったく無関心になってしまう。浮遊する新種の魔法攻撃で十分に足止めできると学習したのだろう。

ここまでの戦いでリオは、【緊急回避】と【集中】がひとつレベルアップしていた。ステータス値もわずかだが上がっている。

しかしそのひとつひとつは微々たるもので、とても戦況を好転させるには至らない。

（もう、何も考えるな）


今自分がやるべきは、すこしでも長く戦闘状態を維持し、敵の注意を引くことだけ。

この場でもっとも力の劣る自分には、それしかできないのだから。

側面から襲いくる水弾を、感覚だけで避けた。

正面からの攻撃を曲刀で叩き落とす。

巨大な棍棒がすぐそこまで迫っていた。のけ反りながら剣を振るい、水弾を弾いて頭部を守る。

ぶおんと、棍棒の風圧が襲いかかる。

押し飛ばされるのを耐え、瞼（まぶた）が下りるのも我慢した。


――頭空っぽにしてやりゃあ、けっこう動けるもんだろ？


母の言葉が脳裏をよぎる。

ゆえにリオはただ、無心になった。

避け、弾き、躱す。

体が動く限り、愚直にそれを繰り返した。

疲労など知らない。動けるうちは無視していい。体が動かなくなれば勝手に全快するのだから。

リオはいまだに気づかない。

考えるのをやめて以降、二体の魔物を相手に彼は一度も、固有スキルを発動していないことに――。


リオの戦いを見つめるガルフが思わず口に出す。

「どういうこった？　敵の動きに変わりはねえ。見るからにあいつの動きがよくなってんぞ」

「おそらくですけれど、リオ様の通常スキルのいずれか、あるいは複数が同時にレベルアップしたのではないでしょうか？　それに、ずっと戦い続けていれば筋力なども上がりますわ」

「んなの微々たるもんじゃねえか」

「ひとつひとつは、ですわね。それらが合わされば――いえ相乗効果を考えますと、防戦に専念すれば目に見えた効果になるのでは？」

加えて、とノーラは続ける。

「リオ様の動きは、明らかに相手の攻撃を予測してのものですわ。ずっと戦い続けてきたのですもの。学習して当然ではありますけれど……」

「口で言うほど簡単じゃあねえぞ。専用の固有スキル持ちでもない限りはな」

「もともとリオ様はレベル不相応な経験をしてきましたわ。二年もの間、一流の冒険者と強力な魔物たちの戦いを見続けてきた影響もあるのでしょう」

「ステータスには表れねえ、『センス』ってのも鍛えてきたわけか。マジで面白え奴だぜ」

二人の会話を聞く間に、ミレイは疲労回復薬を二本飲み干した。

（リオさんが、がんばってる）

ならば一緒に戦う仲間として、自分は最大限それに応えなければ。

「ふっ、ふっ、ふっ、ふぅぅぅ……」

涙を拭い、呼吸を整えた。身を低くしてガラス張りの床を見つめる。

こうしている間にも、リオは戦っている。戦い続けている。

疲労はもちろんあるだろう。けれどリオが戦闘不能になるなんて、頭の中からきれいさっぱり消え失せていた。

ガラスを破るほど強く、床を蹴った。

まっすぐに、最速で。

ようやく顔を上げたときにはやはり、リオは立ち続けていて、魔物二体はミレイに気づくことなく背を向けていた。

ミレイの周囲に、光の玉がいくつも現れる。

「どどどどーんっ！」

刀に手をかけたまま叫ぶと、それらが一斉に放たれた。

狙いは二体。しかし倒そうとしたものではない。

巨軀の背に当たると、一瞬ギガ・トロールの動きが止まった。
ミレイはしかし、巨人を斬りつけはせず、その体を足場にして駆け上がり――。

「てやーっ！　てやてやてやてやぁーっ！」

光弾にひるんだ新種の魔物を滅多斬りにする。
女性型の妖精は反撃する間もなく、霞と消えゆく。
「やった！　倒しま――っ⁉」
落下中、無防備になったミレイを、ぎろりと巨人の黒目が捉えた。

（ぁ……、これダメだ……）

巨軀に似合わぬ素早い攻撃を、空中で避ける術がない。
ともかく一撃で死なないよう、身を固くしたミレイの耳に――。

「どこを見ている？　お前の相手は僕だ」

ささやきにも似た小さな、それでいて怖気に震えるほど重い声が届いた。

リオが駆けた。

二本の曲刀をそろえ、巨人の股の間を滑るように抜けながら脚を斬りつける。

急停止して身をひるがえし、もう一方の脚へ。

『ゥゥゥ、アアァ！』

ギガ・トロールが狙いを切り替えた。リオを目掛けて棍棒を振るう。

頭蓋を砕かんとする横薙ぎの一閃を、身を低くして躱す。と同時にリオは剣を二本そろえて膝へ突き刺した。

（すごい……すごいすごいすごい！　あんな風に、動けるなんて……）

マネをしろと言われたら、『今の』ミレイならできるだろう。

しかしリオのステータス値はレベル16相当だ。自分がそのくらいのとき、はたして『今の』リオと同じ動きができたろうか？

（無理。だいたいわたし、実力以前に今みたいなうっかりが多いからなあ……）

ミレイは最強の団の猛者たちを間近に見て、何度もその技量に見惚れてきた。

だが心の底から震えるほどに感動したのは、今回が初めてだった。

もし、仮に、リオが今のミレイと同程度のステータス値であったなら。

考えるまでもない。

この戦場を支配しているのは、間違いなくリオだ。

（わたしも、あの境地に――）

至りたい。
その願いは意図せず、彼女を無心に導いた。

「一刀七閃！」

着地したミレイが間髪容れずに飛びかかる。
七つの斬撃が巨軀を切り裂いた。
やはり一回の攻撃では倒れない。それほど甘い相手ではなかった。
しかし大幅に減ったＨＰは、自動回復ではとても追いつかず――。

二人の猛攻を受け続けたフロアボス は、
『ォォォォ……』
やがて霞となって消えていった――。

◆

「やりやがった！　あいつら、本当に倒しちまったぜ！」
ガルフが大はしゃぎで駆け寄る。

極限まで疲労困憊（ひろうこんぱい）に陥り、大の字に寝転がったリオの頭をわしゃわしゃ撫（な）でる。

「オマエやるじゃねえか。しかしずいぶん疲れちまったみてえだな。ほれ、疲労回復薬だ」

「ガルフさん……？　いえ、もう必要ないです」

ちょうど【女神の懐抱】が発動し、リオはしゃっきりと立ち上がる。

「くっ、オレの厚意を……」

ちょっと申し訳なく思いつつも、全快したのにリオはふわふわと落ち着かなかった。

実感が湧かない。

結局三体とも、倒したのはミレイだ。特に自分は最後、何をしていたか記憶が曖昧だった。

「それはわたしがいただきます！」

こちらも疲労困憊でふらふらのミレイが、ガルフから小瓶を奪い取りごくごく飲んだ。

完全には回復していないものの、にぱっと笑みを浮かべるや。

「リオさん、やりましたね！」

やったーっ！　とリオに抱き着いた。

「すごかったです！　わたし感動しました！　レベル差のある魔物さんを相手に、リオさんってば一歩も退いてませんでした」

防戦一方だったから物理的に退いたりはした、のはさておき。精神的な話をミレイはしているのだろう。

「僕は『恐怖』を感じないからね」

この二年、あり得ないくらい死にかけたため、【恐怖耐性】スキルがレベル10になっているのだ。

「それはそうかもしれませんけど、なんて言うかこう……すごかったです！　ホントにすごいって言うか、あえて言うならすごかったんですよ！」

ミレイは言葉が見つからないのか、『すごい』を連発する。

苦笑いしつつリオは妹の黒髪を撫でる。さらさらして気持ちいい。

「リオ様、ミレイちゃん、本当にお疲れさまでしたわ」

ノーラが微笑みをたたえながら歩み寄る。

「でもミレイちゃん、貴女はダメダメポイントがいくつかありましたから、帰ったら反省会ですわよ？」

「う、はい……」

しょんぼりするミレイを、リオはよしよしと慰める。

「ところでリオ様、お尋ねしたいことがありますの」

ほんわかした雰囲気ながら、目はどこか真剣だ。

リオの動きがよくなった理由を、自身の推測を交えて問う。

「そうですね。【緊急回避】と【集中】はレベルアップしていました。ステータス値もすこしですが上がっています」

「やはりそうでしたの。他になにか変化はありまして？」

「……レベルが23まで上がっています」

この戦いだけで経験値を十万ほど稼いだことになる。

「それから……ん？　なんだこれ？」

リオはステータス画面を公開（オープン）にし、他の三人が覗（のぞ）きこむ。

最初に異変に気づいたのはノーラだった。

「通常スキルに、【ＭＰ自動回復】？　えっ？　スキルに？　状態付与魔法ではなく？」

ＭＰが一定量まで減った際、自動で回復する効果を付与する魔法やアイテムは存在する。

しかし限定でも固有でもなく、通常スキルとしては認知されていなかった。

（どういうことですの？　もしかしたら戦闘系のスキルを知らないうちに覚えたのかもと考えていましたけれど、まさかまたこんなイレギュラーが……）

一方、リオは別の疑念を抱いた。

「魔法を覚えてもいないのに、なんでこんなものが……」

「それは『まだ』というだけの話ですわ。魔法関連のスキルを習得したのですから、今後リオ様が魔法を覚える可能性が高くなった、と好意的に解釈すべきでは？」

なるほど、とリオは素直に嬉しくなった。

【女神の懐抱】が発動すれば、その特性上ＭＰは回復する。だから不要にも思えるが、将来魔法が使えるようになったとき、戦闘中にわずかでも回復すれば戦い方の幅が広がるのだ。

（とはいえ、先にこちらを習得したのは不可解ですわね。今後魔法を覚えるにしても、はてさていったい『何』を覚えますのやら）

基本の基本をすっ飛ばし、上位魔法を習得するかもしれない。

「うしっ、こんなとこで長話もねえだろ。先に進んでマーカー登録してこいや」

フロアボスを倒せばすぐ先に、リーチ・マーカーを登録する装置が置かれている。

「僕は一度地下街に戻ります。自力でフロアボスを倒せるようにならないと、先に進んでも意味はないですから」

「はっ？　テメエ真面目か」

もともと今回は〝ミレイが〟突破するのが目的だった。

一人で三体相手は厳しい。いまだ魔法が使えない自分では、浮遊して攻撃が届かない新種対策を練る必要がある。

ただ解決策のひとつを、先ほどミレイが示してくれた。

となればレベルを相応に上げ、ステータス値をＭＡＸ付近まで高めておかねばならない。

しばらくは復活したフロアボスを相手に、レベル上げに専念すべきだろう。

「皆さんとはここでお別れですね」

双剣を腰に差そうとして、何か言いたげなガルフが目に留まる。

ふいに、彼が以前言っていた言葉が頭をよぎった。

――体は完全に回復しても、見えねえとこでどっか壊れちまってるかもしれねえ。

ガルフはリオの体を心配しての発言だった。リオは自分になにか変化があるとは思っていない。

ただ妙な引っかかりを覚え、リオは双剣を持ち上げてじっと見つめた。

「リオ様、どうかしまして？　あら？」

「よく見りゃいい得物使ってんじゃねえか。ん？　けどこりゃあ……」

さすがに歴戦の勇士たちだ。【鑑識眼】を持っていないノーラとガルフも気づいたらしい。


「すごく、傷んでいる……」


もともと武骨で派手さのない二本の曲刀は、見た目こそ買った直後と変わらない。

しかし相当な傷み具体が【鑑識眼】で明らかとなった。

「ま、当然だわな。テメエの身体が何度復活しようと、得物は傷み続けるんだからよ。モノがいいだけにぱっと見じゃあ気づけなかったか」

「今の戦いでも相当酷使していましたものね。むしろよく壊れなかったと感心しますわ」

頭ではわかっていた。武器にせよ防具にせよ、消耗品なのだ。

名匠の手による逸品で、リィアンからも『長く使える』と言われていたので油断していた。

「修理しないと」

簡単な修理ならこのダンジョンの地下街でもできるが、物が物だけにリィアンに見てもらったほうがいい。

こうしてリオは、久しぶりに帰還することに決めたのだった——。

◆

久しぶりに『銀の禿鷲亭』に戻ってみたら。

「リオ君！　お帰りなさいだよ！」

諸手を挙げて駆け寄ってくる満面の笑みの美人さん。途中でなぜだかぴたりと止まる。

女神が待ち構えていたのは考えてみれば不思議でないにせよ、リオは彼女の出で立ちに首を傾げた。

黒く長いロングスカートにエプロン姿。見るからに給仕風の衣装は、まさしくこの店の制服だ。

疑問を解消したいところだが、手を挙げたままぷるぷる震えるエルディスティアを早くなんとかしないと。

リオは迎えるように両手を広げた。

「むふぅ～」

飛びかかってリオを抱きしめる女神様。

大きな胸に顔が埋まって息ができない。ぽんぽんと背を叩くと、彼女はハッとして離れた。

「エルさん、ただいま。にしても、その格好はいったい……？」

答えたのは遅れて現れたこの店の女将、アデラだ。「お帰り」とあいさつしつつ、のっしのっしと筋肉質の巨体を揺らして寄ってきた。

「その姉ちゃん、アンタが心配で辛いって店ん中でうるさくてさ。だったらリオの代わりに働きながら待ってれば？　ってことで雇ってみた」

まったく理由になっていないと思うのは間違っていないはず。

「でもエルさんが働くって……」

リオには想像できなかった。

「あ、今失礼なこと考えてたね？　そりゃあ私はずぼら――じゃなくて、いいとこのお嬢様ってことになってるけど？　やろうと思えばなんだってできるんだからね」

「ま、有能ってほどじゃないけど物覚えはいいし、重宝してるよ。ただねえ、こんな美人が店にいりゃ売上に大貢献、って期待したんだけど……なんでか野郎どもの反応が鈍くてね。さほど変わらないのが不思議なんだよねえ」

きっとそういう風に客の意識をずらしているからだろう。

「それから安心しな。この姉ちゃん、見た感じ金には困ってなさそうだし、給金は全部リオに付けといてるからさ」

「いや、それはどうなんでしょう？」

「いいんだリオ君。私にはこれくらいしか君にしてあげられない。なんとなく口車に乗せられたような気がしなくもないけど、うん、いいんだ」

それよりも、とエルディスティアは心配そうに眉尻を下げる。

「またすぐに行っちゃうの？」

「剣が傷んだから修理に戻ってきたんだ。ここへはあいさつに来たというか」

エルディスティアがいればいいな、という期待もあった。

「修理が終わったらまたオベロンに行くよ」

あからさまに残念そうな顔をした女神はしかし、すぐに笑みを咲かせた。

「修理ってことはリィアン商会へ行くんだね。だったら私も——はっ！」

恐る恐る振り向くと、アデラが肩を竦(すく)めて言った。

「いいよ、二人して行っといで」

またもぱあっと笑みを咲かせる。

「ま、夜はその分しっかり働いてもらうけどね。あ、リオはいいよ。またダンジョンに戻るにしても、すこしは休んどきな」

「うんうん、きっと夜の私ががんばってくれるはず。よし行こう、リオ君すぐに！」

着替えなくていいのかな？　とは告げられず、リオはぐいぐい引っ張られていった——。

　リィアン商会に入るなり剣を見せたところ、猫頭の店主リィアンは目を細くしてつぶやく。

「これはまた……十日と経たずにずいぶんと傷めたものですね。ああ、いや。非難しているのではなく、純粋に驚いただけでして」

「いえ、僕の怠慢です。もっと注意を払っていれば、ここまでひどくなることはなかったと思いますから」

「いえいえ、わたくしもうかつでした。リオ様は長らくダンジョンに籠るスタイル。武具の異常を見つけても、おいそれと町へは戻れません。というわけでこちら、新製品の携帯型簡易修理魔法具はいかがでしょうか？」

　リィアンは小さな平たい筒を取り出す。

「従来の簡易修理魔法具は魔法薬液に浸すやり方でございました。剣ともなれば樽(たる)ひとつが必要。ゆえに大集団でなければダンジョン内に持ち運べませんでしたが、こちらはジェルタイプとなっております。戦闘後、魔力をこめて剣に塗るだけで効果は覿面(てきめん)でございますよ」

「商魂たくましいね」

「買います」

「こっちも決断早っ！」

「ははは、それもリオ様のよいところでしょうな。ええ、お安くいたしますとも」

　さて、とリィアンは真面目な顔つきになる。

「こちらの双剣は簡易修復では間に合いません。そこらの修理屋でも手には負えないでしょう。一週間ほどわたくしに預けてはいただけませんか？」

「もちろんです。すぐに直るとは思っていませんでしたから。リィアンさんが修理してくれるんですか？」

「いえいえ、こちらは芯に相当な傷みがございます。ならば直せるのはこの世に一人。作ったお方にお願いしてまいります」

エルディスティアが怪訝そうに言う。

「あの偏屈爺さんに？　前から思ってたけど、よくあんなのと付き合えるものだね」

「おや？　リトリコ様は滅多に人前には出ないお方。エル様こそよくご存じで」

「えっ、ああ、いや、まあその、いろいろと……」

ごにょごにょと言葉を濁すエルディスティア。

「わたくしがあのお方と良好なお付き合いをさせていただけているのは……、まあ秘密ということで」

ぱちんと片目を閉じるリィアンを見て、

（猫好きなのかな）

（猫好きなんだね）

なんとなく察する二人だった。

双剣をリィアンに預けて店を出た。

「リオ君、剣が直るまでどうするの？」

「どこかで剣を二本見繕って、フロアボスのところでレベル上げをするよ」

「だよねー」

エルディスティアはがっくりと肩を落とす。

「30くらいまで上げちゃう感じ？」

「そこを目指したくはあるけど、フロアボスのところだと時間がかかりすぎるかな」

次のレベルに必要な経験値は、レベルが上がればそれだけ多くなる。レベル差によるボーナス補正も徐々に減っていくので、フロアボスにこだわる理由は少なかった。とはいえ。

「たぶんだけど、27か28くらいのステータス値なら十分に戦えると思う」

リオは筋力、体力、俊敏の伸びがいい。27～28であっても、一般的なレベル30台のステータス値を超えるほどには上げられるのだ。

だからそのレベルまで上げるには、オベロンのフロアボスを相手にするのがよいだろう。

問題は、浮遊する新種の二体をどうするか。

ただこちらも、戦い方はミレイが実践してくれていた。

いくら動きが遅いとはいえ、下手に飛び道具に頼るよりもギガ・トロールの巨軀を駆け上がって取りつくほうがずっといい。

「まあ、三体同時に動きを止めてくれないと難しいけどね」

「三体、同時に……」

「今までみたいに、一度やられて注意が逸れた隙を狙うしかないけど」

ただリオも敵の攻撃を受け、態勢が整わない状況から行動を起こさなければならない。特にギガ・トロールは素早いので、察知されないうちに体を駆け上がるのはかなり難しかった。

と、エルディスティアがなんだかそわそわと落ち着かない。

「どうしたの？」

「いや、三体同時に動きが止まる瞬間って、他にないのかなあ、って思ってさ」

「他に……？」

そんな都合のいい状況なんて…………あっ。とリオは思い出した。

「そういえば、ルーム・ギミックが発動する直前に攻撃が止まったような……」

エルディスティアがリオには見えないようにぐっとこぶしを握りこむ。

(よし、気づいたね。さすがはリオ君だ)

ルーム・ギミックが発動する前、なぜだかフロアボスたちは動きが停止していた。

(新種にしろルーム・ギミックにしろ、女神(わたし)は関与してない。となればこの島の意思によるものだろうけど、アレはちょっとやりすぎだ。調整が私以上に下手くそすぎる。無理をしたしわ寄せの結果だよ、たぶん)

敵が動きを止めている時間はわずかだが、レベルを上げたリオなら十分に間に合う。

だがこれにもひとつ、問題があった。

ギミックの発動条件は『戦闘参加者の誰かのＭＰが10％を切ること』。

ゆえに二体の新種どちらかの、ＭＰを多く消費させせなければならないのだ。

それだけの魔法を使わせるのは、リオ一人ではどれだけかかることやら。戦いながらではタイミングも狙いづらい。

「そこはほら、見方を変えればいいわけだよ。相手をコントロールしようなんて考えず、ね」

「……あっ、そうか。ギミックの発動条件はフロアボスたちだけじゃない。僕のＭＰを消費すればいいんだ」

「そのとおり！」

リオは魔法が使えない。しかしＭＰを消費するようなアイテムを使えば、自身のタイミングでＭＰを10％未満にできる。

「敵の目をくらませるやつなんかいいかもね。粗悪品ならＭＰ消費も激しいし、安くたっくさん手に入るよ」

「うん、なんだかせっかく習得した【ＭＰ自動回復】が邪魔になりそうだけど、それも僕自身のスキルだからタイミングは取りやすい」

「そ、そうだねー、なんであんなものがリオ君に……」

しょんぼりしてしまったエルディスティアに、リオは満面の笑みで言った。

「ありがとう、エルさん。すごく参考になったよ」

「そ、そお？　まあ、リオ君なら私が言わなくてもすぐ気づいたろうけどね」

謙遜しつつも、リオに感謝されて有頂天になる女神。

（レベル上げの途中で魔法を覚えてくれると、もっと楽になりそうなんだけど）

直接の攻撃手段でなくとも、一瞬でもステータス値が上がる強化付与(バフ)系の魔法ならかなり嬉しい。

だが、それは淡い期待でしかなかった。


けっきょくリオは、レベル28に到達しても魔法を覚えなかった。

ただその代わり、ではなかろうが、思ったよりも筋力や俊敏が伸びてくれた。女神の助言のおかげもあり――。


ひとつの話題が、島内を駆け巡った。

湖上迷宮オベロンの地下フロアボスを、レベル28の少年が単身で突破した、と。

単身での記録は全島攻略を果たしたリーヴァ・ニーベルクが持つ30だ。

新種が二体追加されて難易度が跳ね上がったのを考慮すれば、島全体が騒然となる異常事態だった――。

第五章　刻まれた証、そして——

リオの湖上迷宮オベロンの攻略は順調だった。

レベルは29に達し、大宮殿に入ってダンジョンボスのいる最上階まで残りが五階層のところまで来ていた。

しかしここで一度〝始まりの町〟へと戻ってくる。

双剣の具合はまだ大丈夫そうだったが、簡易修復用の新製品はすっかりなくなり、ダンジョンボスでのレベル上げを行う前にきちんと修理しておきたかった。

リィアン商会に剣を預け、『銀の禿鷲亭』に戻ってきた。

従業員ではなく客として女神とお茶を楽しんでいたところ、

「リオさん、おめでとうございます！」


ミレイが現れた。オベロン地下でのフロアボスとの激戦以降、久しぶりの再会だ。単独撃破のお祝いにと大きなケーキを持参していた。

「すごいですよね。わたしなんかリオさんと一緒だったから倒せたのに、一人で、しかもレベル28でなんて。知ってますか？　リオさんって今、リーヴァ・ニーベルクの生まれ変わりって噂されてるんですよ！」

聞いてはいる。が、生前の母とは一緒に暮らしていたので『生まれ変わり』は的外れと言わざるをえない。そもそも彼女は蘇生してこの島にいるのだ。

「どちらかと言えばミレイ、君にふさわしい称号だよ。単独撃破っていうなら君だって――」

きょとんとする彼女の首筋には、『☆』のマークがふたつ。

「オベロンのダンジョンボスを一人で倒したじゃないか。おめでとう」

「あ、ありがとうございます！　いえですがその……三回挑戦してやっと、でして……。ノーラさんがいなかったらわたし、二回死んでました」

だが彼女のレベルは35。ダンジョンボスは45相当の実力がある。

ミレイは驚異的な成長速度とは別に、ステータスの伸びが異常に高かった。

「僕はこれから挑戦するけど、たぶん三十回くらいは死にかけると思う」

「リオ君、それは慰めになっていないよ？」

給仕服姿の女神にツッコまれた。

三人（女神は仕事そっちのけ）でケーキを頬張りつつ、話を弾ませる。

「そうか、ダンジョンボスは変わらずなんだね」

「はい。オベロンさんがお一人だけでした。また増えてたらどうしようって心配してたんですけど」

ダンジョンボスはそのダンジョンの名を通称として呼ぶ。

実際には『ロード・トロール』といって、名が示すとおり地下にいた『ギガ・トロール』の上位種である。

巨軀はさらに大きく五メートルほど。全体的にステータス値が高まったのみならず、魔法防御効果のある豪奢なマントをはおり、特大の火炎球まで放つ厄介な相手だ。

しかしリオには完全回復する固有スキル【女神の懐抱】がある。

レベルとステータスを上げていけば、遠からず倒してしまえるだろう。

けれど、とエルディスティアはケーキをもぐもぐする。

（リオ君が乗りこむ直前にまた仕様が変わらないとも限らない。なんていうか、妙な〝意図〟を感じるんだよね）

杞憂に終わってほしい。神様なのにそう祈る女神だった——。

◆

リオはガラス張りの広い空間に出た。小さな石碑があるだけで他には何もない。

ここは湖上迷宮オベロンの最上階——の一歩手前だ。

曲がりくねった廊下を進み、階段を上ったところにダンジョンボスのいる大広間がある。

この空間もこの先も、障害となる魔物やトラップは存在しない。周りでふわふわしていた小さな妖精たちもいなくなっていた。

リオは小さな石碑に手を添える。

ぽわっと石碑が発光した。マーカー登録は完了だ。

ダンジョンボスを相手にすれば双剣の消耗は激しくなるだろう。また魔物が追加されている事態も予想されるので、その対策に町へ戻る必要が出てくるかも。

（今日のところは相手を確認して、レベルを31まで上げたいところだね）

レベル30まではもうすこし。このダンジョンでもっとも強い相手なら、一日で経験値を十万獲得するのは楽な方だろう。

さっそく進もうと足を踏み出したところで、石碑がキラキラと輝き出した。広い空間全体も発光し、やがて石碑の周りに四人の人物が現れる。

ここにマーカー登録していた冒険者パーティーが転移してきたのだ。

「お？　リオじゃないか。久しぶりだなあ」

スキンヘッドの剣士が強面を崩してにかっと笑う。中型の盾を持っていた。

「お久しぶりです、ガズゥロさん。それから皆さんも」

荷物持ち時代に何度か依頼を受け、あっちこっちのダンジョンに同行した人たちだ。

ただリオはちょっと不思議に思った。彼らは七大ダンジョンの攻略が目的ではなく、お宝を得て稼ぐ職業冒険者に類しているからだ。

「聞いたわよ？　一人で地下にいるフロアボスを倒したんですってね」と槍使い（やりつか）の女性。

「俺たちも負けてられねえと思ってな」とメイスを持った小柄でムキムキの男性魔法使い。

「ひとつくらいは星をつけようと考えまして」とは神官服を着たこちらも小柄な女性だ。

小柄な二人はドワーフで、ガズゥロと槍使いはリオと同じ人族だった。

なるほど、とリオは得心する。同時に驚いた。自分の活躍が誰かに影響を与えていたなんて思いもよらなかったからだ。

「お前もダンジョンボスのとこへ行くのか？」

「はい。でも僕はレベル上げが目的ですから、お先にどうぞ」

「おっ、悪いな。昨日お試しでダンジョンボスと闘ってきてな。今日は準備万端整えて挑もうって意気ごんでたとこなんだ」

ガズゥロは中型の盾を持ち上げて見せる。

火炎系魔法を防ぐ特殊効果のあるものだ。ダンジョンボスは特大の火炎球を放つので、その対策だ。

「ダンジョンボスは例の一体だけでしたか？」

「ああ。魔法が効きにくいから面倒そうだが、ま、殴りまくって突破してやるさ」

ガズゥロはレベル39。他の三人も三十台後半だ。難なくとはいかなくても、十分に倒しきる力がある。

「お前も見に来るか？」

「いえ、僕はここで鍛錬して待っていますよ」

「そうか。んじゃ、町で会ったら一杯奢(おご)ってくれよな」

勝つのが当然のような発言は、油断や慢心からくるものではない。

そのための準備を整えてきたのだから、変に不安がって士気を下げたくないのだろう。

ガズゥロたちを見送り、リオは自身のステータス画面を開いた。

＝＝＝＝＝＝＝＝＝＝＝＝＝＝＝＝＝＝＝＝＝＝＝＝
HP　：510／510
MP　：145／145
STR：457／471
VIT：455／485
INT：306／405
MAG：275／307
AGI：468／492
DEX：334／389
＝＝＝＝＝＝＝＝＝＝＝＝＝＝＝＝＝＝＝＝＝＝＝＝

レベル1のころに比べるとステータス値はそれぞれが三倍以上に高まっている。

このところは特に魔力の伸びがいい。

(それでも他に比べると低いけどね)

だがどうしても期待してしまう。

もうすぐ魔法を覚えるのではないか、と。

(レベル30って切りがいいし……って、そういうのは関係ないか)

ガズゥロたちがダンジョンボスを倒せば、明日までは復活しない。

いったん引き返してレベル上げをしようか迷ったが、リオはその場に腰を落として胡坐をかいた。

近接戦闘に直結するステータスはかなり上げている。最近は時間があれば知力や魔力を強化していた。

目を閉じ、心を穏やかにする。瞑想ですこしでも魔力を高めておきたかった。

(あと、もう少しだ)

湖上迷宮オベロンの、最後の難関。

それは七大ダンジョン完全攻略のための、最初の一歩でもある。

(集中、集中だぞ……)

瞑想に意識を戻す。

静かだった。周囲の音という音がなくなっている。

困ったことに、これが逆に集中を妨げた。雑念が後から後から湧き出てくる。

騒がしい妖精でもいれば彼らの話を聞き流すことに集中できるのに、と余計なことを考えてしまった。

浮かんでは消えていく取り留めのない思考をつかんでしまわないよう、外へ意識を向ける。

静寂の中で音を探そうとした。

やがて微かな振動音を探り当てる。

ガズゥロたちが上階で戦闘に入ったのだろう。

彼らならきっと勝てる。そんな思いを名残惜しく手放して、意識の底へ埋没していった。


『――ッ！』


ハッとして目を開く。

（今の……悲鳴？）

はっきりとはしないが、そうリオは感じた。

（何かあったのかな？）

過去の辛く苦い経験を思い出す。随行した冒険者パーティーが、ダンジョンの奥深くで全滅した記憶。

（様子を見るだけでも……）

妙な胸騒ぎに急かされ、リオは立ち上がるとすぐに走った。

ダンジョンボスが待ち構える大広間へと――。

◆

階段を駆け上がると大きな扉があった。開きっぱなしのそこへ飛びこむと、

「ガズゥロさん！」

スキンヘッドの剣士が、一人で巨人と対峙(たいじ)していた。

ロード・トロール――通称『オベロン』。このダンジョンの主にして最後のボスだ。

君主を冠するにしては腰巻のみの姿で、赤黒くでっぷりした体軀。王様らしい豪奢なマントが逆に異様に映った。

「リオか。すまない、手を貸してくれ！」

ガズゥロの額と肩に血が付いている。だが回復は済ませているようで、危機的状況にはなかった。

一方で、他の三人の姿が見えない。

「こっちはいい。俺一人でなんとか抑える。それよりも――」

わかっている。

姿の見えない三人は、別の巨体によって隠されていると理解した。

妖精の王オベロンの向こう。

王と同じくらい巨大な、女性の背が見えた。

虫のような翅を生やし、足が隠れるほど長いスカートのドレスをまとっている。頭には小さな冠をのせていた。

地下のフロアボスとして出現した新種――冒険者ギルドが『エルダー・フェアリー』と命名――を『オベロン』並みに大きくした個体だ。こちらも新種と見て間違いない。

実力はエルダー・フェアリーを大きく超え、ダンジョンボスのオベロンとほぼ同等だ。しかも腕が四本あり、水弾ではなくそれより強烈な光の弾丸を撃ち放っていた。

ロード・トロールが妖精の王ならば、こちらはさながら妖精の女王の風格を漂わせている。

リオは気が急くのを抑え、オベロンの注意がこちらに向かわないよう回りこんだ。

「気を付けろ、そのデカブツ女は――」

「わかっています！」

すでに【鑑識眼】で確認済みだ。だからこそ焦った。

女性型魔物の背にいくつもの光球が浮かぶ。

リオ目掛けて放たれたそれらを弾き、躱しつつ正面に回ると。


「リオ！　お願い助けて！」


女槍使いの悲痛な叫びが胸に刺さる。

魔法使いの男がメイスを掲げ、光弾の嵐を魔法防御壁で防いでいる。ＭＰが尽きかけ、今にも破壊されそうな状況も危機的だが、それ以上に絶望的な光景が目に入った。

槍使いが膝をつき、必死に回復魔法をかけている相手。

ドワーフの女性神官の四肢が、石と化していた。


腰のあたりまで石化は進行し、肩から首へも侵食しつつある。

解除には専用のスキルや魔法、アイテムが要る。石化は回復魔法でも進行を止められるが、本来アタッカーである槍使いの回復魔法では追いついていなかった。

神官の女性は目がうつろ。

今すぐにでも町に戻り、石化解除をしないと命が危ない。

「なんで？　どうして【石化】スキルなんて持ってるのよ！　オベロンでそんな対策、してるわけないじゃない！」

石化は極めて危険な状態異常だ。

しかし石化を実行できる魔物はごく少数に限られ、出現する場所も少ない。成功率も低く、対策さえしていれば恐れるものではなかった。

「そいつ、いきなり現れたのよ。ロード・トロールが雄叫びを上げたと思ったら、突然……」

魔物が仲間を呼ぶのはあり得るが、ダンジョンボスでは聞いたことがない。

最初からいたなら警戒はする。戦わずに戻ることもできたし、すぐ脱出できるよう入り口近くで戦えもしただろう。

（なんて意地が悪い……）

あの優しい女神の仕業なはずがない。となれば島の自動機構によるものだろうが、感情があるかどうかわからない島に文句を言っても意味がなかった。

ともかく今は、早く神官たちを脱出させないと。

「僕が囮（おとり）になります。二人は急いで彼女を連れて逃げてください」

実力では槍使いのほうがリオよりも上だ。しかし回復役がいなくなれば石化の進行を遅らせられない。

広範囲の魔法攻撃から神官を守るには、魔法の防御壁は外せなかった。

ガズゥロはもう一体を抑えるのに精いっぱいだ。

（だから僕がなんとか大型の新種の注意を引いて、三人が脱出する余裕を与えなくちゃ）

リオは光弾を弾きながら間合いを詰める。

浮いてはいるが床からはわずかで、接近すれば剣は届く。実力差から倒すのは無理でも、取りついてめった刺しにすれば彼らへの攻撃も緩むだろう。

魔法使いがリオに声をかける。

「そいつの目は見るな。いつ石にされちまうかわからねえ」

「スキルの再発動時間（インターバルタイム）がけっこう長いので大丈夫です」

それでも残りは五分ほど。リオは石化状態にされても固有スキルで解除できるが、別の誰かが食らったらその時点で詰む。

槍使いが石化途中の神官を抱きかかえた。回復魔法を切らさず、じりじりと移動する。

魔法使いは防御壁を展開したまま彼女に合わせて動いた。

遅々としているが、足止めされていたことを考えれば大きな進歩だ。

（ルーム・ギミックは……ない。けど——）

フロアボスのところのように、ＭＰを回復させるギミックがないのは逆に辛い。

魔法使いの防御が長くは持ちそうになかった。

「ッ⁉　マズい！」

新種の胸の前に大きな光球が現れた。顔の向きから狙いは三人。

リオは思いきり床を蹴った。

「ぐがっ！」

特大の光球をまともに食らう。なんとか魔法使いとの間に滑りこんで防げはしたが、続けざまの光弾の嵐に彼らは足止めを余儀なくされる。

固有スキルで全快したリオは再び新種に突進した。

光弾を蹴散らし、足をドレスごと斬りつけようとして。

リオは急停止して身を低くした。

すぐ上を大きなこぶしが通過する。長い腕で殴りかかってきたのだ。

四本もある腕と筋力の高さから、物理攻撃もしてくると警戒はしていた。

しかし実際にこれをやられてしまうと。

（くそっ、避けきれな――っ！）

光弾が肩に当たる。

一瞬動きが止まったところを、横殴りに吹っ飛ばされた。

ＨＰをごっそり持っていかれたが、まだ動く。

リオは首を傾けて小光弾を躱すと、再び新種へと飛びかかった。が、四本腕の殴打に翻弄される。

時間が惜しい。

あと二分もすれば、石化のスキルを使われてしまう。

自分にかけられるならいい。

けれどももし、他の誰かが石化状態にされてしまったら。

槍使いが動けなくなれば、魔法使い一人ではどうしようもなくなる。ＭＰがつき、完全石化を待たずに三人は殺されてしまう。

魔法使いが石化されても同じだ。防御を失ったら槍使い一人では為す術がない。

ガズゥロが食らえばさらに最悪の状況になる。ロード・トロールがこちらに参戦すれば全滅は免れないだろう。

（なにか、ないのか。みんなを助けられる、手段は……）

そんな都合のよい話はあるはずがない。

本当はリオにもわかっている。

今やるべきは、ひとつしかないことに。

「撤退だ！　全員、マ、、、ーヤ、、、を置い、、、て逃げろ、、、！」


ガズゥロが叫んだ。リオを含め、三人の顔が強張る。

石化途中の女性神官を置き去りにしての脱出。

今取れる最良の手は、それしかないとみなが理解している。

「ごめん……ごめんね、マーヤ」

槍使いの女性が涙ながらにそっと、神官を床に下ろした。

「わりぃなガズゥロ、それはできねえ。こいつとは冒険者になるとき約束したんだ。『死ぬときゃ一緒』だってよ」

魔法使いの男性は穏やかな表情でそう告げた。

ガズゥロも槍使いも、彼を引き止めはしない。

もう、これしかない。決めたからにはすぐ動くべきだ。

（でも……だけど！）

何か手はないか。リオは必死に思考を巡らせた。

しかし手持ちの札はすべて使っている。妙案が閃く（ひらめく）なんて、期待するだけ無駄なことだ。

この場に残ったところで、それはもはやただの自己満足に過ぎない。

自分はがんばった。でもダメだった、と。

ガズゥロと槍使いが逃げおおせ、残るドワーフ二人の最期を看取るわかりきった結末を迎える。

全滅は免れたのだからいいじゃないかと、自身の感情に折り合いをつけるための行為でしかなかった。

だって自分は死なないから。

いてもいなくても同じなら、自分が納得する方を選択するだけだ。


(違う、だろ。なにを諦めているんだ、僕は!)


かつて、同行した冒険者パーティーが全滅した。

自分の無力さに打ちのめされた。

あんな思いをもうしたくなくて、この場に飛びこんだのではなかったか?


(ならやれ!　全力を尽くせ!)


自己満足は悪くない。

間違っていたのは、望まぬ結末を受け入れる弱い心だ。

この絶望を覆す。
みんなが安堵し、笑っていられる結末こそ、最高の自己満足なのだから。
リオは賭けに出た。
手持ちの札がないのなら、作る以外に方法はない。
剣を持つ両手をだらりと下げ、無防備に大型の新種――妖精の女王に突っこんだ。
がしっと、大きな手につかまれる。
妖精の女王はリオの決意を嘲笑うかのように楽しげに持ち上げると、
『うふふふふ』
リオを握りつぶした。
血を吐き、緩んだ手から滑り落ちる。

――固有スキル【女神の懐抱】が発動しました。

落ちながら、光が戻った両目で敵を見る。

――レベルが上がりました。

得られた経験値はギリギリだった。

わざとやられる場合は少なくなるので心配していたが、それでもなんとか届いてくれた。

レベルが上がったところで、ステータス値は変わらない。

仮にその上限に達しても、絶望を覆すには至らない。

けれどそれ以外にたったひとつ、確証も保証もない運任せの変化が残されていた。

「賭けは、僕の勝ちだ」

つぶやきの直前、頭の中で響いた声。

——通常スキル【神雷魔法】を習得しました。

希望の光が、灯った——。

◆

魔法スキルをついに覚えた。

しかし【神雷魔法】なんて聞いたことがない。

落下中に体勢を整えつつ、リオはステータスをチェックした。使える魔法はそのスキルにツリー状に表示されるのだ。

【神雷魔法】——【雷霆(らいてい)】

（やっぱりひとつか）

まあ仕方がないと気持ちを切り替える。

しかしこれまた『やはり』というべきか、初めて見る魔法だ。

着地した。魔法の説明を見て困惑する。

どうやら敵単体への超強力な雷撃系魔法らしい。それはいい。複数を一度にでなくても、威力が高いならむしろ大歓迎だ。が、

（密着して発動？　ゼロ距離で放つタイプか）

これでは近接戦闘とさほど変わらない。おそらく武器を通じて魔法を叩(たた)きこむのがよいのだろうが、それに対応した特殊効果付きの武器でなければ効果が減る。

しかも密着して雷撃を放てば、こちらにも影響がありそうで戸惑った。

だがこの際、これもいい。

問題は、だ。

（消費ＭＰが１５０って！）

ここへ来る直前のＭＰは、最大で１４５だった。
祈るような気持ちでステータスを確認すると、

『ＭＰ：１５０／１５０』

ギリギリ。レベルアップでどうにか届いてくれた。
（もしかして、ＭＰが１５０になったから覚えたのかな？）
考えても答えは出ない。今やるべきは——。
「うおおぉおぉぉおおおっ！」
この虎の子の一撃を、妖精の女王に食らわせることだ。
リオが飛びかかると、光弾とともに長い腕が一本、振り下ろされた。
待ってましたとばかりにリオは受け止める。これで発動条件は満たされた。
激しい衝撃に耐えながら、告げる。

——雷霆（ケラウノス）！

魔法の行使にその名を叫ぶ必要はないが、思わず口に出た。
リオの身体から雷（いかずち）が迸（ほとばし）る。稲妻が長い腕を駆け上がり、巨躯すべてに絡みついた。

『ぎぃあああぁぁぁあああぁっ！』

大宮殿を揺るがすほどの大絶叫。

ＨＰを一気に半分以上奪い取った。

どうやら術者に跳ね返ることはないらしい。

ホッとしつつも、ちょっと損した気分にもなった。自分も一緒に死にかければ、固有スキルで回復してすぐ二発目も撃てるからだ。

『ぉ、おおおぉぉおっ！』

無表情の仮面じみた顔がリオに向く。

気配を感じてリオも視線を上へ。

眼球もなさそうな白くのっぺりした目の部分が、きらりと光った。

「ッ⁉」

直後、リオの身体が硬直した。

指先が、石と化す。石化耐性がわずかにあるリオでも、一気に手首まで石化していく。

（よしっ！）

だがこれを、リオは狙っていた。

石化スキルのインターバルタイムが経過して再発動できる状態になるのを見越し、魔法攻撃で自分を脅威だと認定させる。

これでしばらくは石化スキルが使えない。もっともリオは、その前に決着をつけるつもりだ。

――固有スキル【女神の懐抱】が発動しました。

石化状態を含め、すべてが回復する。当然、ＭＰも。

「雷霆！」

続けざまの二発目。先ほど半分を失った妖精女王のＨＰは、

『あああぁぁああぁぁぁ……』

これですべてなくなった。

「ガズゥロさん！　こっちへ！」

余韻に浸るでもなくリオは叫ぶ。

「マーヤさんを運んでください！　二人は援護と回復を」

呆然(ぼうぜん)としていた槍使いと魔法使いが我に返るのを見届けてから、

「そいつは僕が抑えます。だから早く！」

リオは双剣をぎゅっと握り締め、妖精の王――湖上迷宮オベロンの支配者へ向け駆けた。

無我夢中だった。

四人が大広間を出たなら、もはやとどまる理由はない。

実力差は圧倒的。攻撃をしのぐのも精いっぱいだ。

だというのにリオは、何度も何度も突進し、何度も何度も死にかけた。

レベル上げなんて頭からすっぽり抜け落ちている。気分が高揚しまくって、『倒す』以外の考えがない。

接近すれば火炎球は撃たないと知った。

しかし素早く武器を振るう敵に取り付けない。ならば、と必死に金属製の棍棒にしがみつき、自らに雷撃を撃ちこんだ。

棍棒を伝って、稲妻がオベロンの巨軀を蹂躙する。効果は直接に比べて弱いが、痺れてその動きが止まった。

――固有スキル【女神の懐抱】が発動しました。

この機を逃さず、リオは巨軀を駆け上がる。

太い首に剣を突き刺し、もうひとつで目玉を穿ち、額に手のひらを押しつけて。

「雷霆！」

頭に直接、神の雷を叩きこんだ。

『オオオ、ウウ……』

ダンジョンボスの弱々しい声が、賛辞にも聞こえる。

ちくりと、首筋に小さな痛み。

（そう、か。ミレイと、一緒のところに……）

浮き上がる、『☆』の印。

七大ダンジョンのひとつ、湖上迷宮オベロンを、

（母さん、やったよ……）

リオ・ニーベルクは踏破したのだ――。

◆

島内の中心、そこにあるダンジョンの奥深く。

太い木の枝が寄り集まってできた床の上で、酒瓶を片手にリーヴァ・ニーベルクは大笑いしていた。

「あっはっはっ、こいつはたまげた。よりにもよってダンジョンボスクラス、それも〝四大使徒〟しか持ちえない専用スキルを覚えちまうとはねえ。酒の肴にはちょうどいいや」

ウォーン、と。

広大な室内が重苦しく揺れる。

「怒んな怒んな。そもそもアンタが悪いんだろう？　意地悪してアイツに魔法を覚えさせてやらないから、こういう歪（ひずみ）が生まれちまうのさ。アンタはあのポンコツが創ったもんだ。制限のある中で無茶するからだぞぉ？」

　ウォーンウォーンと、声ならざる音が激しく響く。

「なんだよ、創造主（ははおや）を貶（けな）されてまた怒ったか？　悪かったよ。ま、母親の愛情が余所（よそ）に移ったら、そりゃあ妬むし恨むし憎くはなるわな。無茶でも最大限意地悪したくなるってもんさ。うん、可愛い奴め」

　一転してシンと静まり返った中、リーヴァはごくごくと酒瓶を傾ける。

「ぷはあっ、美味い！　つーわけで、だ。次はもっと上手くやりな。なにせアイツはアンタを創った女神さまと、アンタを隅々まで凌辱（りょうじょく）したアタシの愛情をたっぷり受けてんだからね」

　今度は細く、何かを窺（うかが）うような音が鳴る。

「ん？　けっきょくアタシはどっちの味方なのかって？　そりゃ当然、両方さ。アタシはアンタの一部だし、アイツはアタシの大事なモンだ。だからどっちにも味方する。喧嘩（けんか）を止めやしないよ。大いにやりな。気が済むまでね」

　ウォーン……。

「なに呆（あき）れてんのさ。親ってのはね、子どもの成長を見て喜ぶもんなの。アンタが頑張れば、あのポンコツだって見直すってもんさ」

　ウォォーン……。

「ん？　あー、まあ、ね。まずはアンタに自我が芽生えたのを知ってもらわないと、か。けど知ったら知ったでアイツは心乱される。悩ましいもんだねえ」

今度は泣きじゃくるように部屋が揺れた。

「まあ飲め！　でもって寝ろ！　明日の自分がきっとなんとかしてくれるさ！」

リーヴァは床をポンポンと叩き、酒を浴びせかけた。

以降、まるで眠ったかのように音がやむ。

（ホント、創造主に似て不器用な奴だよ）

優秀なくせにどこか抜けていて、想いの先をひとつにしか絞れない。

（つってもエルディスティアのは逃避だけどね。アンタはまだ知られてないと思ってるけど、ありゃもう絶対気づいてる。ただ権能が剝がれまくったアイツには、どうにもできないのはその通りさ）

だからリオに救いを求めているのだろう。本人は無自覚だが。

島とつながったことでリーヴァには多くの情報が流れ込んできた。

神とは冷酷無情。

自然界のルールを厳密に管理・運用する超常的なこの世の機能のひとつにすぎない。その範囲で自身の享楽に感けるハタ迷惑な存在だ。

けれどエルディスティアは、神として在るには優しすぎた。

ゆえにちょっとしたことで人に情けをかけ、結果いくつも禁忌を犯す。そうして自ら創ったこの島を、コントロールできなくなった。

（もともとこの島を創ったのも、他の神々に疎まれ追放されて寂しくて、だもんな）

けっきょくあの女神は神ならざる者が大好きで、彼らと触れ合っていたいのだ。

けれど彼女の立場が――神で在らんとする心が邪魔をする。

我慢に我慢を重ねていたところに、攻略者の願いを叶える大義名分をもって、リオを引き取ることになったのだからさあ大変。

リオに蕩けて逃避しても致し方なかった。


（うん、これ、アタシのせいだ！）


そんなつもりは毛頭なかった――というのは嘘になる。

解けない呪いを受けて現れたリーヴァに、女神は自分なら治せると力説した。本来の願いを叶えてやれなくてゴメンとまで謝罪したのだ。神様のくせに。

だからピンときた。

こいつは神様でいては、いけない奴だと。そのためには人との触れ合いが必要だ、と。

さすがにここまでかっちり嵌まってしまうとは、リーヴァも思っていなかったが。

（アイツはもう限界だ。だからリオ、頼んだよ）

リーヴァは床を優しく撫でる。

（でもってアンタは、女神の代わりに絶対者になればいい）

自分で自分を支配する。そうして初めて、この島は完全となるだろう。

「あーあ、しっかし暇だねえ。ホント誰か来てくんないかなあ」

太い枝が絡まりできた床に、リーヴァは大の字になって寝ころんだ。


ざわざわと枝葉が騒ぐ。

月夜に照らされるは、山ほどもある超巨大樹だ。

島のど真ん中にそびえるそれは、密林迷宮アマテラスの中心部。数多の冒険者がこの超巨大樹に近づくことすらできず引き下がり、あるいは命を散らしてきた。

いまだかつてここに足を踏み入れたのは、一人だけ。

その最奥に、彼女はいた。

いつか息子と娘が現れるのを、待ちわびながら——。

◆

石化状態に陥った女神官は一命を取り留めた。

町に戻ったリオは安堵する。

そうして大宴会が始まった。

残念ながらミレイは姿を見せなかったが、話を聞きつけた顔馴染み（かおなじ）みやご近所さんまで、けして広くはない『銀の禿鷲亭』に大集結。飲めや歌えの大騒ぎだ。

「いやはや、本当にすごいもんだね。まさかレベル31でオベロンを突破してしまうなんて」

エルディスティアは給仕服でお酒をちびり。

「でも、新種が追加されていた。てことは、やっぱり……」

ほんのり頬を赤らめた彼女は、なんとか続く言葉を飲みこんだ。


（この島は、リオ君を拒絶している……）


その原因は自分にある。リオの側に自分がいるから。

（なら、私は――）

リオから離れ、また独りぼっちで見守ることに徹するのがよいのだろう。

そう考えた彼女の肩に、ぽんと優しく手が置かれた。


「大丈夫」


リオは優しく微笑んだ。

「僕には、女神の加護があるから」

いろいろバレているような気がするし、頼れるお姉さんからは程遠いけれど。

「うぅ、リオくぅん！」

抱き着いてわんわん泣きじゃくる女神様。

（うん、大丈夫。たとえこの島に嫌われていようと、僕は絶対にこのひとを救って見せる）

母もそれを望んでいる。そんな気がしてならなかった。

まずはひとつ。

リオ・ニーベルクの挑戦は、始まったばかり。

ただ今は、勝利の余韻に浸っていたい。

すぴーっと眠りに落ちた女神の髪を優しく撫で、いつしかリオも酒気にあてられたのか、微睡（まどろ）みに落ちていくのだった——。

おまけ短編　女神の願いが叶う場所

島を創った女神が、その島にある宿屋兼酒場でアルバイトをする。

誰もが予想だにしないこの事実を知るのは女神本人と、彼女をよく知る少年だった――。


冒険島エルディアスの南端にある〝始まりの町〟。

商店が立ち並ぶ一画に、『銀の禿鷲亭』との看板が掲げられた四階建ての古い建物がある。

ハーフオーガが切り盛りするこの店に、リオは十二歳から住み込みで世話になっていた。

このところは七大ダンジョンのひとつを攻略するのにかかりきりで、店の手伝いができないでいる。

そんな彼の代わりに働いているのが女神エルディスティアであった。

「明日は僕も手伝うよ」

オベロンの攻略が終わり、ひと息つく間もなく別のダンジョンへ向かいたい気持ちはあるものの、女神にばかり働かせるのは気が引けた。

なにより、彼女と一緒に慣れ親しんだ店での仕事をしてみたかったのだ――。

エル――彼女は周囲にこの偽名（？）を使っている――の仕事ぶりは女将のアデラの評によれば。

「仕事を覚えんのは早いし、意外にそつなくこなしてくれて助かってるよ。箱入りのお嬢様かと思ってたんだけどねえ」

かつてはたいていのことを神の権能で済ましていたので、リオもすこし意外に感じた。

一方で、あれほどの美貌でありながら男性客が押し寄せてはこない。

これは自身に対する認識をずらす権能を一部使っているからだろう。

ただ存在を完全に消していなければ目立ちはするようで、

「注文を覚えんのがすげえな。計算も早いし」

「わりと気が利くって感じかなあ」

けっこうな高評価を得ている。

「あの姉ちゃん、ちょこまか動いてなんか面白いんだよな」

「危なっかしくはないけど、手を貸してあげたくなるのよね」

客の受けはいい。

それは本人も自覚していて、

（そりゃあ私って女神だし？　権能を使わなくたってこれくらいできるさ）

掃除に洗濯、料理の仕込み、シーツの取り替え。

ステータスの低さから力仕事は苦手なものの、お店の仕事には自信を持っている。

そこへきて、初めてリオと一緒に働く機会を得た。

(リオ君に『頼れるお姉さん』を印象付けるチャンスでは⁉)

そんな風に息巻くのも致し方ないこと。

女神はめらめらと闘志を燃やすのだった——。


銀の禿鷲亭の朝は早い。

宿泊客が起き出してくる前に、朝食の準備と一階の酒場の掃除で店主や女将、住み込みの従業員たちは忙しく立ち回る。

エルは街中の豪邸住まい。ふだんこの時間には顔を見せないのだが、この日は志願して彼らと一緒に——目的はリオと一緒に、仕事を開始した。

気合は十分。しかしいつもなら寝ている時間だ。

「エルさん、大丈夫?」

エプロン姿でモップを持つリオが心配そうに尋ねた。

「も、もちろん大丈夫さ。夕方の掃除は私の担当だからね。時間帯が違ったところで問題はない。うん、問題なんて何もないよ」

瞼(まぶた)が重いのをぐっと堪え、あくびを噛(か)み殺して店の裏手へ。

木桶にたっぷり水を汲んで、よたよたと店内へ舞い戻った。

「エルさん？　朝の掃除は乾拭きだから水は必要ないよ」

リオの指摘に、

「へ？　うわっ⁉」

気が抜けたとたんにバランスを崩し、盛大にひっくり返った。

ばっちゃーん。

木桶の中身をぶちまけて、自らも水浸しになってしまう。

「だ、大丈夫？　ケガはない？」

慌ててリオが駆け寄る。

「うぅ……ごめんよぉ……」

ケガも痛みもないが、情けなさで心が辛い。

女将のアデラがひょいと顔を覗かせた。

「あーあー、盛大にやらかしたねえ。ここはいいから髪と体を拭いて着替えといで」

リオの心配そうな視線に見送られ、エルはとぼとぼと奥へ引っこんだ――。

失敗は許されない、のは当然として、先の失敗を帳消しにする活躍が必要だ。

しかし宿泊客相手のみの朝食に活躍の場はなく、その後は長い休憩。

昼食時はそこそこ混みあうものの、近隣住民を相手にした比較的ほのぼのとした時間だ。

失敗はしなかったが、リオにいいところを見せることもできなかった。

午後に入ると今度は宿の仕事がメインとなる。

ベッドメイキングは得意だ。

ふわさぁっとシーツを被せ、さささっと機敏な動きで皺ひとつなく完璧に仕上げたものの。

「リオ君いないし！」

ひと部屋に一人が対応するため、誰も見てくれていなかった。

（いいや、まだだよ。まだ諦めるのは早い）

勝負は夜になってから。

冒険者たちが大挙して押し寄せる夜の時間こそ、最後にして最大の見せ場になるのだ。

がぜんヤル気に燃えるエルは自分の担当でもない部屋を回りに回り、掃除やベッドメイキングで体も温めるのだった――。


そして決戦の夜となる。

「姉ちゃん、お替りだ！」

「注文頼むぜ！」

「おーい、料理はまだかよ」

そこかしこで呼びかける声が上がる。

しかし騒がしい中では聞き取りにくい。

「はいはい、はーい。今行くよー」

エルは神経を尖(とが)らせて声を拾っていき、あっちこっちへ走り回った。

「おっせぇよー」

「文句言わなーい。見ての通りおかげさまで大繁盛だからね。おおらかに見てほしいな」

客の不満をうまくあしらう。

(ふふふ、これぞまさしく『頼れるお姉さん』！　ってリオ君どこ⁉)

どうやら厨房(ちゅうぼう)の手伝いに駆り出されたらしい。

(いやいや、まだまだ。この調子を維持していれば問題はないはずだよ)

やがてリオがホールに戻ってくる。

そしてちょうどよいタイミングで、

「はいよー、二番テーブルへ運んどくれー」

アデラがどどん、と大きな木製ジョッキをカウンターへ置いた。

その数は四つ。

エルが一人で運ぶにはギリギリといったところではある。

ふだんなら無理をしないが、他の従業員はそちらへすぐ対応できない忙しさだ。

テーブルの間を縫っていち早くカウンターへたどり着いた彼女は、片手に二つずつをしなやかな指でつかんで持ち上げた。

(大丈夫。いけるはずだ)

やったことがないならさすがに無茶はしない。だがこれまで何度か経験があり、そのすべてを無難にこなした。

足元に注意を払い、目的のテーブルへ速やかに移動を開始する。

ただここで、彼女に思いもよらない事態が起こった。

「ぶえっくしょ！」

エルのすぐ後ろの席の客が、盛大にくしゃみをしたのだ。

緊張の糸が、ぷつんと切れる。

いつもよりかなり早い時間から店に入り、前日から気を張り続けてきた彼女は休憩もろくに取っていなかった。

唐突な睡魔に襲われるも気合で振り払い、しかしそれに集中したがために足元が疎かになり――。

「わひゃっ⁉」

客席の椅子の脚に引っかかり、

ぴったーん。

思いきり転んでしまった。

せめて客への迷惑を最小限にしようとした結果、四つのジョッキの中身はすべてエルの体にぶちまけられる。

しぃんと静寂が店内を駆け抜けたのは一瞬。

わっと大きな笑いが巻き起こった――。


「ケガがなくてよかったよ」

店の裏手でリオがエルの金髪をタオルでわしゃわしゃする。

リオは彼女がぶちまけたお酒を掃除したのち、とぼとぼ裏に引っこんだエルの様子を見に来たのだ。

「ごめんよ……私ってば、迷惑ばかりかけて……」

エルは椅子に腰かけしょんぼりする。

「失敗は誰にでもあるよ。僕だってしょっちゅうやらかすしね。でも……今日はどこか体調でも悪かったの？　ふだんはあんな失敗はしないって聞いていたから」

たしかに体調はよくなかった。気づいたのはついさっきだが、寝不足と疲労で体が思うように動かなかったのが原因だろう。

けれど――。

「けっきょくは私が至らなかったんだ」

自分はどちらかと言えば怠け者。不調を感じれば率先して楽をしようとしただろう。

それでも無理をしたのは、リオにいいところを見せたかったがためだ。

その邪な心のツケが回ってきたにすぎない。

「エルさんはすごくよくやっていると思うよ」

「ふぇ?」

顔を上げると、リオは優しく微笑んでいた。

「午後の客室清掃のチェックは、僕がやったんだ。エルさんが担当した部屋はとてもきれいになっていて、特にベッドシーツはすこしの皺もなく完璧だった」

「リオ君……」

見ていてくれた、と喜びにあふれかけたが、すぐさまエルは顔を曇らせる。

「でも、この忙しいときにホールから離れてしまったし、リオ君まで……」

今ごろ酒場はてんてこ舞いで、アデラたちには大変な迷惑をかけているに違いなかった。

ところが——。

「ああ、それなら心配いらないよ」

リオに手を引かれ、恐る恐る店内を覗き見ると。

「……どうしてお客さんがあちこち歩き回ってるの?」

ジョッキや皿を持ってうろつく者が一人どころか何人もいた。

リオが答えるより先に、その真相が明らかとなる。

「五番テーブル、料理が上がったよー」

「おい、五番って俺らじゃね?」

「うし、ちょっくら取ってくっか」

テーブル席にいた冒険者風の男が立ち上がり、カウンターに置かれた大皿を持って戻っていく。

「みんなエルさんの働きぶりは知っているからね。誰が言うともなく、自然にお客さんのほうから動いてくれたんだ」

すこしでもエルの気が楽になるように。

そんな心遣いが伝わってきた。

じーんと胸の奥が温かくなる。

独りぼっちで島内を眺めていたころは、誰かにこっそり手を貸したとしても自身への反応など期待できなかった。

それでいいと思っていたのだ。けれど――


（ああ、そうか――）


ただリオのそばにいたくて、本来は禁忌とされる下界へ降りた。

でもそれだけではなかった。

今は『エル』という名の一人の女性に同じ目線で語りかけ、笑みを投げかけてくれる。

こうして人と触れ合い、ぬくもりを肌で感じることこそ。

――落ちぶれた神（わたし）が本当に望んでいたことなんだ。

「わ、私、すぐ着替えてくる！」

体を洗うのは後回し。

お酒臭いのにも構わず、女神は着替えてホールへ戻る。

「お、帰ってきたぞ」

「もう転ぶなよー」

「てかこっち来て一緒に飲もうぜ」

からかいの声も心地よく、

「まだ仕事中だよ。さあ、じゃんじゃん注文しておくれ」

潤んだ瞳で満面の笑みを咲かせる。

そんな彼女を見て、リオも嬉(うれ)しくなるのだった――。

あとがき

こんにちわ。澄守彩です。本書をお手に取っていただいてありがとうございます！

はじめましての方に向け、簡単に自己紹介をば。

私は第一回講談社ラノベ文庫新人賞で大賞を受賞いたしましてデビューしました。

その後、同レーベルで四シリーズを刊行させていただきつつ、並行してＷｅｂ小説投稿サイト『小説家になろう』さまにて『すみもりさい』名義で活動しております。

Ｋラノベブックスさまでは本作で六シリーズ目！

読者の皆さまに支えられ、気づけばデビューからもうすぐ九年。

これからもがんばっていきますので、今後ともよろしくどうぞ！


さて、あとがきからご覧になられている方向けに、本作品の概要を簡単に。

本作品はとある女神さまが創った大きな島が舞台です。

そこには大小さまざまなダンジョンがひしめいて、七つの大きなダンジョンをすべて攻略すると女神さまからどんな願いでもひとつだけ叶(かな)えてもらえるのです。すごい。

そんな驚きいっぱい夢いっぱいな冒険島で生まれた主人公のリオ君はどこにでもいそうな男の子

ですが、生まれはわりと特殊で育ちは極めて特殊。

過保護な女神さまから唯一無二の究極スキルを授かっちゃった。

でも過保護すぎて（？）レベル２へ上がるまでに途方もない経験値が必要となり、万年レベル１の荷物持ちとして生活しています。

しかし彼は諦めない。

ただひとつの願いを叶えるために――。


という感じなのですが、レベル２にはちゃんと本作の中で上がります。でもって嬉しくも予期せぬ事態が起こっちゃいまして、みるみる強くなっていきます。

スキルの特殊性から孤高のリオ君ではありますが、真面目で一生懸命な彼を周りはちゃんと評価してくれまして、魅力あふれる人たちとの絡みも見どころのひとつ。


またＷｅｂ版から大量加筆しております。

主には序盤、リオ君！　ショタの時代を！　たっぷりとぉ！

一章まるまる書いてみました。

女神さまとの共同生活を、ほっこりゆるゆる、それでいてちょっとしんみりな感じに仕上げています。

最後に収録しておりますおまけ短編では女神さまとリオ君の絆を描いてみました。基本、ポンコツ女神さまが右往左往するのを楽しむ内容になっています。

というわけで、少年マンガ的超王道冒険ファンタジーをぜひぜひお楽しみいただければ！


なお、本作はコミカライズも決定しております。

小説が発売されるころには開始されているかも？

リオ君や女神さま、ミレイちゃんやガルフさんたちが表情豊かに活躍する様が楽しめますよー。

こちらもお楽しみに〜。


最後に謝辞をば。

イラスト担当の夕子さん。すばらしいイラストの数々をありがとうございます！　人間臭い女神さまが生き生きと描かれていて私はとても幸せです。生きる活力。ありがたい。

Kラノベブックス編集部の皆さま、担当の栗田さん。このご時世、なかなかお会いできませんが諸々（もろもろ）ご対応いただき、まことにありがとうございます。今後ともよろしくどうぞです！

最後になりましたが、読者の皆さまへ心からの感謝を。コミカライズともどもよろしくお願いいたします。

Ｗｅｂ版をご覧の方もそうでない方も、お楽しみいただけましたら幸いです。

澄守彩

レベル2に必要な
経験値は——1億！
究極スキルで
エルディアス・ロード
女神にもらった絶対死なない
究極スキルで七つのダンジョンを攻略する
【漫画】髙田タカミ

経験値の壁を
攻略せよ！

エルディアス・ロード

女神にもらった絶対死なない究極スキルで七つのダンジョンを攻略する

澄守 彩

2020年10月29日第1刷発行

発行者	森田浩章
発行所	株式会社 講談社 〒112-8001　東京都文京区音羽2-12-21
電　話	出版　(03)5395-3715 販売　(03)5395-3608 業務　(03)5395-3603
デザイン	寺田鷹樹
本文データ制作	講談社デジタル製作
印刷所	豊国印刷株式会社
製本所	株式会社フォーネット社

落丁本・乱丁本は購入書店名を明記のうえ、小社業務あてにお送りください。送料は小社負担にてお取り替えいたします。なお、この本の内容についてのお問い合わせはラノベ文庫あてにお願いいたします。

ISBN978-4-06-521535-7　N.D.C.913　303p　19cm
定価はカバーに表示してあります

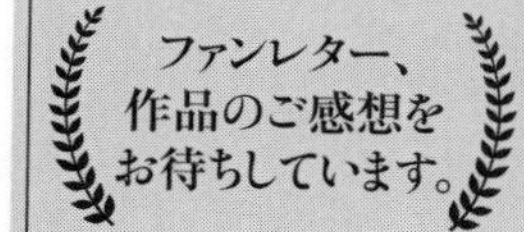

あて先
〒112-8001　東京都文京区音羽2-12-21
(株) 講談社　ラノベ文庫編集部 気付
「澄守　彩先生」係
「夕子先生」係

転生貴族、鑑定スキルで成り上がる
～弱小領地を受け継いだので、優秀な人材を増やしていたら、最強領地になってた～

著:未来人A　イラスト:jimmy

アルス・ローベントは転生者だ。
卓越した身体能力も、圧倒的な魔法の力も持たないアルスだが、
「鑑定」という、人の能力を測るスキルを持っていた！
ゆくゆくは家を継がねばならないアルスは、鑑定スキルを使い、
有能な人物を出自に関わらず取りたてていく。
「類い稀なる才能を感じたので、私の家臣になってほしい」
アルスが取りたてた有能な人材が活躍していき——！

Kラノベブックス

実は俺、最強でした？1〜3

著:澄守彩　イラスト:高橋愛

ヒキニートがある日突然、異世界の王子様に転生した——と思ったら、
直後に最弱認定され命がピンチに⁉
捨てられた先で襲い来る巨大獣。しかし使える魔法はひとつだけ。開始数日での
デッドエンドを回避すべく、その魔法をあーだこーだ試していたら……なぜだか
巨大獣が美少女になって俺の従者になっちゃったよ？
不幸が押し寄せれば幸運も『よっ、久しぶり』って感じで寄ってくるもので、す
ったもんだの末に貴族の養子ポジションをゲットする。
とにかく唯一使える魔法が万能すぎて、理想の引きこもりライフを目指す、
のだが……⁉
先行コミカライズも絶好調！　成り上がりストーリー！